LES FRAGILES

www.lemasque.com

Maud Robaglia

LES FRAGILES

ÉDITIONS DU MASQUE
17, rue Jacob 75006 Paris

Née en 1976, **Maud Robaglia** vit à Paris avec son mari et ses deux enfants. Quand elle ne monte pas des vidéos, sous l'œil doux et las de son basset hound, elle écrit. *Les Fragiles* est son premier roman.

Maquette de couverture : Louise Cand.
Photo de couverture : © ZHPH Production/Stocksy.

ISBN : 978-2-7024-4979-0

« Contre toi je me jetterai,
invaincue et inébranlable, ô Mort ! »

Virginia Woolf, *Les Vagues*

Sa bouche est pleine de sang. Les deux mains blanches sur les carreaux blancs de la salle de bains, il lui faut un moment pour réaliser que ce sont les siennes. Elle avait pourtant vérifié la solidité de l'attache avant de la glisser dans le crochet du plafonnier. Immobile, pieds recroquevillés, elle avait guetté l'incertitude, espéré un ultime rebondissement, la vie qui se manifeste et qui réimprime des souvenirs en couleurs, mais il n'y avait rien à regretter. Ceinture, plafonnier, escabeau. Raté.

*

Elle a prévenu Victor. Victor a répondu Pense au pain.

*

Le moindre bruit peut suffire à éveiller la curiosité des voisins alors elle retient ses larmes. Ils sont crédules et suspicieux, les voisins. Ils regardent trop de séries. Ils lisent trop de polars. Ils s'ennuient tellement que certains finissent par croire leurs toilettes peuplées d'alligators. Elle se relève. Elle efface toute trace de sa présence, essuie les poignées, l'interrupteur de la télévision, les touches de la télécommande. Tout nettoyer la calme. Elle frotte comme une folle jusqu'au paillasson puis descend les quatre étages au pas de course. Sa mâchoire la lance, ses joues la brûlent. Elle traverse une cour fleurie, un couloir encombré de vélos, une deuxième cour décorée d'une rangée de poubelles sagement alignées. Le portail grince. Sentiment de déjà-vu devant les immeubles obèses du boulevard. Ses façades sales. La chaussée qui rétrécit au loin. L'enseigne surmontée d'un porc hilare. L'appartement qu'elle avait loué pour la nuit se trouve à deux rues de chez Hélène. Hier, elle n'avait rien remarqué. Des passants la dévisagent. Vous allez bien ? demande l'un d'eux. Elle répond J'ai perdu l'équilibre en sortant de chez moi. Vilaine marche sur laquelle tout le monde trébuche. D'autres la contournent avec souplesse, sans la voir, comme un plot qui a toujours encombré la voie à cet endroit. Elle presse le pas. Un homme au crâne rasé lui fonce dessus. Il veut une clope. Elle dit qu'elle ne fume pas. Il hurle Connasse. Elle traverse au feu rouge sans se retourner. Elle a l'habitude. Elle en voit tous les jours, des gens qui laissent exploser leur rage, loin de leur épouse, leur patron ou leurs rejetons, dans l'anonymat de sa boutique. Elle vend des aspirateurs dernier cri. Avec ou sans sac. Et aussi des shampouineuses à moquette. Avant, elle en dessinait. Sous son trait de crayon, leurs formes rondouillardes devenaient des machines agressives, carrossées comme des voitures de sport. Elle avait même reçu le prix du meilleur design. Les mixers, les autocuiseurs, les machines à café, les appareils à raclette et toutes les cochonneries indispensables qu'elle créait dépaysaient les gens, disait-on. Et puis, plus rien. Petite, elle ne rêvait pas de dessiner des shampouineuses, elle rêvait d'aéroports. De sa fenêtre, elle voulait voir des avions, pas des bureaux. Des passerelles flottantes pleines de touristes heureux, pas des hordes de cadres aigris. Dans un aéroport, les gens ne faisaient que passer, mais ils allaient vite, et surtout, ils allaient quelque part. Son nouveau métier lui offre cependant quelques avantages. Au Parfait Nettoyeur, elle dispose d'un espace à elle et d'un tapis témoin sur lequel elle déverse du sucre, de la farine, du café moulu, des poils, de la terre de rempotage et, les jours de grande démonstration, tout à la fois. Son cahier des charges décrit précisément ce qu'il faut faire avec les clients. Elle doit s'y tenir. Son patron dit toujours Les femmes salissent parce qu'elles font plusieurs choses à la fois. Les hommes salissent parce qu'ils sont pressés. Tout le monde salit, mais différemment. Le business du nettoyage marche fort. On vient de fêter l'ouverture du troisième Parfait Nettoyeur. Son patron souhaite lui en confier la direction. Il n'était pas obligé de lui donner sa chance. Elle débutait dans la vente, avait deux fois son âge, mais son nom lui rappelait quelqu'un ou quelque chose. Pour lui c'était suffisant. Elle connaît son argumentaire sur le bout des doigts. Ses statistiques sont excellentes. Une personne sur trois qui entre au Parfait Nettoyeur en sort avec un ou plusieurs articles grâce à elle. Vendre ne demande pas beaucoup de compétences ni un attachement à la vie très prononcé. Voir les tâches disparaître est très gratifiant.

Elle jette un rapide coup d'œil à son reflet. Mâchoire tuméfiée. Narines auréolées de petits caillots. Elle a besoin d'un brushing et de l'odeur de jasmin de synthèse d'un salon de coiffure. Elle a besoin d'un chignon sophistiqué, avec des mèches lisses et brillantes. La porte vitrée du salon pèse lourd. Vacarme des conversations et des sèche-cheveux. Une coiffeuse lui demande si elle a reservé. Non, elle n'a pas reservé. Une cliente ébouriffée se plaint. C'est la deuxième fois qu'on interrompt son lissage, elle ne trouve pas ça très professionnel. Elle dit Le cheveu, il faut tirer dessus fort et longtemps. Il ne doit pas refroidir. Les gens dans le salon détaillent son visage abîmé sans trop comprendre ce qu'ils regardent. Elle a toujours fait cette impression, avec ou sans ecchymoses. On est complet, c'était pour une occasion particulière ? Je me suis ratée, répond-elle. Sur des cheveux aussi bouclés et épais, c'est normal. Elle insiste, propose d'attendre dans un coin, au cas où, mais la coiffeuse a déjà rallumé son sèche-cheveux.

Elle loupe la dernière marche, croise une dame qui agrippe violemment ses enfants comme si elle avait vu un fantôme. Elle marche vite. De l'air dans les narines, du crachin dans les cheveux. Elle a soudain très soif, entre dans une brasserie, réclame un verre d'eau, puis deux. Puis un troisième, s'il vous plaît. Rien n'étanche sa soif. Il faut qu'elle se remplisse, qu'elle déborde, qu'elle se noie. Le barman la prie de sortir, surtout si elle ne compte pas consommer. Elle demande où sont les toilettes. Il marmonne Prenez un jeton. Elle baigne sa nuque dans le petit lavabo dégueulasse. Devant l'urinoir, des hommes défilent. Pas besoin de jeton. Salissent différemment. Sont pressés. Pissent sans crainte d'être observés. Bruits de braguette que l'on baisse et que l'on remonte. Ceintures que l'on desserre. Boucles en métal que l'on ajuste. Encore des pas dans l'escalier. C'est le barman qui descend un balai à la main. Il dit Vous êtes en bas depuis longtemps, c'est bizarre. Il sent le pastis et la graisse de friteuse. Il pointe son doigt en direction du miroir et veut qu'elle constate par elle-même les dégâts. Elle commence à comprendre. Il n'est pas énervé, il a peur. Elle doit remonter tout de suite. Il a déjà ramassé une Fragile il y a deux jours, il ne veut pas de ça dans son bar. Les femmes salissent parce qu'elles pensent à plein de choses.

*

Elle a pensé au pain. Victor a l'air encore plus vieux, plus fatigué que d'habitude. Deux plis d'amertume font comme une parenthèse autour de sa bouche. L'appartement est propre et rangé. La télé est allumée. Elle était allumée avant qu'elle parte, elle s'en souvient. Victor n'a pas bougé d'un pouce, toujours en travers des coussins éventrés, toujours dans cette position qu'elle aime elle aussi, la télécommande cousue à la main. Le présentateur porte une cravate noire trop fine sur une chemise trop cintrée. Il récite son texte avec le débit d'une mitraillette. La Fragilité ne connaît aucun recul, tout juste une stabilité vacillante : le gouvernement va prendre des mesures. La circulation reste difficile ce jeudi dans la capitale : le gouvernement va prendre des mesures. Le ministre des Sports s'est jeté du sixième étage en laissant une lettre d'adieu incompréhensible : le gouvernement va prendre des mesures. Depuis quatre ans, les journaux ouvraient l'antenne avec les visages souriants d'inconnus, des photos prises quelques mois avant le déclic fatal, et puis, invariablement, le frontispice crasseux d'une morgue, la tête malsaine d'un médecin légiste, et une forme, petite ou grande, qui se terminait par une étiquette attachée à un élastique sous un drap bleu vif.

Victor panique en découvrant sa tête. Il court chercher de l'antiseptique et des pansements, propose d'appeler les urgences. Mille pensées le traversent. Elles roulent sous sa peau fine, font tressaillir ses paupières, dispersent des rougeurs sur ses joues. Il a la peau claire et les yeux très bleus, des cheveux noirs aussi bouclés que les siens et une barbe piquetée de poils roux. Avant son accident, Victor se cuitait à l'adrénaline. Motocross, vol en wingsuit, ski sur gazon, saut à l'élastique. Quinze ans à cramer ses tripes, quinze ans à jouer la guimauve sur une pique au-dessus d'un feu. Le genou gauche avait lâché. Fini le sport. À la rigueur une petite promenade digestive en montagne, avaient dit les médecins. Le moniteur de snowboard est devenu commis de cuisine. Dégringolade spectaculaire dans l'échelle de l'emploi saisonnier. Il avait essayé toutes sortes de thérapies, consulté plein de charlatans à chapeau pointu qui s'arrimaient solidement aux mamelles de sa dépression et s'en détachaient presque toujours avec regret. Certains thérapeutes avaient trouvé une coïncidence troublante entre la forme de son crâne et son malheur. D'autres l'avaient convaincu de la présence de métaux lourds dans ses organes. Victor rêvait seulement d'un nouveau genou.

Il dit Faut vraiment que je me sauve mais vu ton état. Il propose de cuisiner des frites. Elle répond Bonne idée les frites. Il ouvre le congélateur, prend un sac d'un kilo de pommes allumettes et met en marche la friteuse. Il veut savoir comment elle se sent. Il l'assomme de questions. Ça fait quelque temps qu'elle le soupçonne de la préférer morte plutôt que d'avoir à attendre. Attendre comme aujourd'hui que le téléphone sonne. Que la police décline son identité. Que tout s'arrête. Il dit Faut croire que quelque chose te rattache toujours à la vie. À la télé, une émission sur les Fragiles en a remplacé une autre. On réclame des comités pour chapeauter des commissions et des commissions pour chapeauter des groupes de réflexion. Elle promène sa main le long de ses rides fines, sur la pulpe délicate de ses lèvres. Il la repousse d'un geste sec, lui demande si elle se rend compte qu'il est devenu son complice. Il en a marre. Il n'en peut plus qu'elle se rate, il crève de trouille qu'elle réussisse. Tu comprends ? hurle-t-il. Oui, elle comprend. Mais c'est plus fort qu'elle. Il gueule Putain, je suis un monstre, et s'affale sur le canapé dans un nuage de plumes blanches et marron. Elle se colle à lui. Sa douleur à la mâchoire la fait grimacer. Elle pense, C'est moi, le monstre. Pour parler de son envie de se foutre en l'air au type qui vous caresse les cheveux tous les soirs, il faut être un monstre. Ce n'est pas rien de caresser les cheveux de quelqu'un.

Elle veut qu'il s'en aille tout de suite et tant pis pour les frites. Qu'il rencontre d'autres femmes. Des femmes desonâge. Des femmes plus belles. Plus heureuses. Des femmes à la capacité d'émerveillement intacte. Des femmes comme des bouquets d'hortensias dodus, qui vous passent la serviette autour du cou, vous massent les pieds pendant des heures. Il en existe encore, elle le sait. Elle les voit dans la rue, au boulot, partout. Ce sont celles qui évitent les impairs. Elles ont un cap. Une abscisse et une ordonnée. L'allure de la réussite. Elles ne sentent jamais la transpiration. Elles ne sentent rien. L'eye-liner ne faiblit pas à 18 heures. La mayonnaise ne tourne jamais. Oui, voilà. Qu'il épouse un hortensia dodu. Qu'il disparaisse puisqu'elle n'en est pas capable. Il dit Si tu changeais d'avis, si tu faisais l'effort de te soigner et regarde-moi quand je te parle. Il essaie de la convaincre, mais il ne sait pas de quoi exactement. Si elle faisait tout ce qu'il demandait, ils seraient un vrai couple, c'est tout ce qu'elle retient. Il dit On serait libres de rêver et tout serait possible. Un vrai couple, ils ne sont pourtant que ça. Pour le meilleur et pour le pire. Deux montagnes russes, à l'image de celles qu'il aimait tant. Quand elle ne décroche pas son téléphone à la première sonnerie, il ne pense pas qu'elle est chiante, qu'elle fait des manières ou qu'elle minaude. Il se dit qu'elle est morte.

C'est vrai qu'ils s'éloignent. Elle s'en rend compte. Lui parler est devenu une épreuve. Tous les conseils qu'il lui donne sonnent faux. Il les tire de ses lectures. De ses béquilles. C'est comme ça qu'il appelle les livres de développement personnel qu'il trimballe partout avec lui. Le sucre dégouline à chaque page, elle déteste ça. Il lui dit Aujourd'hui est un nouveau départ. Donne le meilleur de toi-même. Tu es comme tu es. Ressens de la gratitude tous les jours. Fais des petits pas vers tes grands objectifs. On a tous une raison d'être comme on est. Apprends de tes expériences, elles te feront grandir. Tout change. Tout peut changer. Fais de ton mieux et n'oublie pas d'être heureuse. Le bonheur est là, à portée de main. Rêve ta vie en couleurs. Écoute ton cœur. Tu mérites ta place parmi les autres.

On ne réalise pas la rapidité avec laquelle les gens sont capables de remplacer tous les points de suspension de leur existence par des comptines pour adultes. On vit à deux, c'est compliqué, on souffre, on s'aime, on raisonne, on s'arrache les cheveux et tout à coup, une armada de globules beiges circule dans vos artères, tapisse vos organes et réordonne vos pensées anarchiques. Victor dit que ça l'aide à vivre. Qu'un futur est peut-être possible. D'accord. Mais lequel ? Chaque tentative ratée est une plante en pot supplémentaire qui vient garnir la fenêtre de leur futur pavillon de banlieue.

Il se relève et prend appui sur le pommeau de sa canne en dent de narval. Il ressemble au petit vieux qui joue dans la publicité pour les assurances-décès, celui qui hante l'écran comme un spectre devant un cadre photo montrant une épouse déjà morte et un chat au poil clairsemé attendant de pouvoir lui dévorer le visage. La lumière se réchauffe peu à peu, le printemps revient avec ses oiseaux et ses fleurs, et d'autres retraités apparaissent. Ils dansent à flanc de colline et embarquent le petit vieux dans leur ronde. L'un d'eux brandit un contrat prévoyance santé. À la fin, ils font tous du taï chi.

Victor n'est pas du genre à faire du taï chi.

*

Le bip de la messagerie sonne à intervalles réguliers. Elle essaie de replonger dans son rêve. C'était chouette cette averse et ces violents orages, elle n'en était même pas au moment où le courant l'emportait. Son pied repousse l'appareil sous la couette, le plus loin possible. Il sonne encore. L'oreiller étouffe son juron. Elle souffre toujours de la mâchoire. Elle avait eu peur chez le médecin. Depuis quelque temps, le gouvernement les incite à dénoncer les Fragiles et certains ne se font pas prier. Pour se rendre au travail, elle avait simplement masqué les hématomes les plus visibles, mais le subterfuge n'avait pas duré longtemps. L'une des vendeuses avait vu les bleus, malgré le fond de teint copieusement étalé. Elle avait immédiatement pensé aux violences conjugales et alerté ses collègues. Ils voulaient l'aider. L'épauler. La soutenir. Oui, c'est vrai, mon compagnon me bat, avait-elle fini par avouer avant de fondre en larmes. C'était faux, mais moins risqué qu'avouer sa Fragilité. On lui avait donné le fauteuil le plus confortable du magasin, celui du patron, avec ses accoudoirs en mousse à mémoire de forme. On l'avait consolée. On était plein de remords pour l'avoir traitée derrière son dos de fossile, de cadavre ambulant, de pauvre vieille. Elle était touchée. Ça lui faisait du bien d'être aimée de ses collègues. Elle culpabilisait de se faire passer pour une autre, mais elle savait qu'elle n'avait pas le choix. La Fragilité ne provoquait pas de vague de sympathie. La Fragilité ne faisait pas de vous une victime. Elle ne rendait pas les gens bienveillants à votre égard. La Fragilité faisait de vous un intouchable. Au bout de quelques jours, la sollicitude de ses collègues avait pris un tour plus inquiétant. Ils s'étaient massés autour du tapis de démonstration. Il est temps de récupérer les clés de ton existence, avaient-ils déclaré. Elle n'avait pas su quoi répondre. Elle imaginait les clés de son existence, accrochées à une patère au milieu d'autres trousseaux, attendant son retour. Elle n'aurait jamais souhaité qu'on les lui confie, elle perdait toujours tout. Ils semblaient déçus par sa passivité et s'étaient renseignés sur sa vie personnelle. Ils avaient trouvé son adresse et l'homme avec qui elle partageait sa vie. Ils menaçaient de dénoncer Victor. Ils disaient Ah parce que ce salopard vit toujours avec toi ? et cherchaient les abris pour femmes battues les plus proches du magasin. Ils voulaient qu'elle déménage. Qu'elle porte plainte. Ils étaient prêts à faire toutes les démarches à sa place, il suffisait qu'elle demande. Faut quand même que tu te bouges un peu. Pour toi, mais aussi pour toutes les autres, entendait-elle le matin en prenant son poste. Elle était revenue sur ses déclarations, s'était excusée platement, avait invoqué la fatigue, une déprime passagère. Ses bleus ? La porte du frigo, une nuit de fringale, dans l'obscurité totale.

Personne ne l'avait cru. Pour tous, elle demeurerait une femme battue, mais une femme battue vraiment trop désenchantée. La chaise la plus confortable lui fut reprise le lundi suivant.

Le téléphone sonne encore. Sa main trouve le chemin du portable.

Je te réveille ? demande une voix douce. Elle jette un rapide coup d'œil à sa montre, mais ce n'est pas nécessaire. Lorsque les rayons du soleil caressent les poils du tapis, la matinée est déjà bien entamée. Tu viens ce soir, hein ? J'ai tout préparé pour toi.

Oui, répond-elle. À ce soir.

*

La rame est déserte. Combien sont-ils dans son cas, évadés de leur domicile, fuyant un petit-déjeuner d'affaires, échappés d'un interminable tête-à-tête amoureux, à mûrir leur disparition ? Les arrêts se succèdent pourtant sans incident particulier. Pas de soubresauts dus à un accident tragique sur la voie. Pas de panne. Seulement une attente un peu longue à l'avant-dernière station recouverte d'affiches de *La grande fête pour la vie*. Elles décoraient le métro, mais aussi les kiosques, les magasins et tous les murs de la ville. Impossible de passer à côté. On y voyait une première silhouette allongée, les bras croisés sur le torse, et une deuxième qui jouait à saute-mouton avec la première, les bras levés en signe de victoire. Un court texte illustrait le tout : Ensemble, protégeons-nous de la Fragilité.

Le nombre de tentatives de suicide, habituellement dans la moyenne des pays alentour, avait connu une augmentation brutale il y a cinq ans. Quarante mille décès les trois premiers mois. Soixante mille les trois mois suivants. Le refus de vivre se cristallisait dans le corps des hommes, des femmes, des enseignants, des chômeurs, des époux, des amants, des entrepreneurs, des bigots, des athées, des vieillards et des enfants. Sans distinction d'âge ou de classe, la tristesse les agrippait pour ne plus les lâcher. On se bousculait dans les salles d'attente. On était terrifié.

La consommation de psychotropes connaissait une croissance à deux chiffres. On bouffait. On buvait. On crevait. Asphyxiés, défenestrés, empoisonnés ou pendus. Aux quatre coins du pays. On se jetait sous les trains, on avalait des cachets à grand renfort d'alcool, on se brisait comme du verre, d'un pont, d'une tour, d'une crique ensoleillée. Sensation tripale de la chute, craquement mat des os sur le trottoir, cris stridents des ambulances. Le rose fuyait par tous les pores. Pour beaucoup, cette crise était un concentré de toutes les crises individuelles. La crise d'adolescence et ses hormones qui déraillent, la crise des 25-35 qui envoyait de brillants avocats ou ingénieurs ouvrir des clubs de plongée ou des ashrams au bout du monde, la crise de la quarantaine et sa cruauté désinvolte, et enfin celle de l'âge mûr, entre prostration et violent désir de déshériter ses proches au profit de son animal de compagnie. La Fragilité, c'était un non catégorique. Un non à tout. Une concrétion de tourments. Un krach existentiel majeur. Une montagne d'angoisse absolue et impénétrable. Des citoyens basculaient dans l'abîme, convaincus que la paix de l'âme n'existait à aucun âge de la vie. *No future.* Selon la formule du ministre de la Santé, le pays n'était plus qu'une réponse en forme de question à une question qui n'avait pas de réponse. La mort c'était l'antidote qu'il fallait à tout prix s'administrer. La mort était le *safe space* ultime. Si les chercheurs, les sociologues, les politiques et les médecins ne s'entendaient pas toujours sur les causes, ils semblaient unanimes sur les conséquences. Priorité devait aller à la gestion du malaise collectif et à la protection des éléments sains. Une partie de la population était préjudiciable à l'autre partie de la population.

C'était frappant dans les transports en commun. Une secousse de quelques secondes, puis les passagers sortaient constater les dégâts sur les flancs de la rame. Le conducteur leur faisait remarquer qu'ils n'avaient fait que rouler sur quelqu'un de consentant. On comprenait très bien, puis on discutait du retard qu'on allait subir. On soupirait, on étirait ses muscles engourdis comme sur une aire d'autoroute après un long trajet et on remontait en attendant les secours. Le saut d'un inconnu sur la voie ? Une contrainte, une pomme tombée d'un arbre, une pirouette macabre. Un événement lié au corps articulé de la rame, aux rails du train, enfin, un truc pour leur pourrir la vie. Très vite, il s'était murmuré partout que la Fragilité s'attrapait comme une vulgaire grippe. Que le village le plus reculé avait perdu quelqu'un. La méfiance, le soupçon et les peurs irraisonnées avaient supplanté d'autres logiques. Les conspirations avaient de l'avance sur les faits. On se savonnait fort. On se cloîtrait chez soi, à l'abri du mal en suspension. On dénonçait son voisin maussade. Une crise de larmes pouvait vous envoyer directement dans un des nombreux Pavillons de la Fragilité ouverts à la hâte par les autorités. Vite, un garrot pour éviter que les autres membres pourrissent. Édifiés pour soigner les Fragiles, il était devenu rare d'en sortir. La distinction entre ceux qui souhaitaient vivre et les autres était de plus en plus nette et le gouvernement affirmait faire tout ce qui était en son pouvoir pour canaliser le ressentiment du peuple.

Le métro repart. Elle regarde l'affiche disparaître derrière la foule qui est descendue. Direction le Parfait Nettoyeur.

*

Le square qu'elle longe est désert, des bateaux en bois dérivent sur l'eau, des canards font leur ronde, un chien aboie. Le soleil cogne aux branches des platanes. Elle prévoit d'y faire une petite halte après le travail. Elle plantera ses talons dans l'herbe fraîche et plissera les yeux sous les rayons. Un bruit de frein la sort de ses rêveries. Une forme floue, presque transparente, roule sur le capot d'une voiture. Le conducteur s'arrête quelques mètres plus loin. Les aboiements redoublent. Il descend du véhicule en s'arrachant presque les cheveux, contourne lentement le corps disloqué. Toujours pareil, capitale de merde, circulation de merde, suicidaire de merde ! hurle-t-il. L'homme gît sur la chaussée. Sous le pantalon en velours, sous la parka orange, plus rien ne bouge. Au loin retentit le cortège d'ambulances fatiguées.

*

Tout est à sa place. Les vitres sont joliment décorées. La remise est remplie à ras bord. Les décapants chimiques et les solvants occupent un large rayon. Les brosses adaptables sont posées en ordre croissant. Au fond, des dizaines de tuyaux d'aspirateur enchevêtrés forment une forêt impraticable. Quatre clients font déjà la queue. Elle s'installe à côté d'une vendeuse en pleine démonstration, la trouve brouillonne. On ne verse pas de farine et de jaune d'œuf sur le tapis quand il s'agit d'un vieux monsieur, c'est la règle. À la rigueur du marc de café. Ou des poils de chat. D'ailleurs, ça ne rate pas, le client repart les mains vides. Un nouveau client s'approche. Elle se présente, se renseigne sur ce qu'il souhaite. Accessoire, produit ou appareil ? L'homme a l'air gêné. Il la fait répéter, puis se lance. Il doit rattraper une moquette de couleur claire. Il y a une énorme tache de sang. Il croyait avoir bien choisi son locataire. Se lamente. Même le plus soigneux des propriétaires ne distingue pas toujours le bon grain de l'ivraie, regrette-t-il. Le patron de la boutique et l'autre vendeuse pâlissent. Ils savent qu'ils sont aux premières loges de la crasse du monde. Ils ont peur. Ce n'est pas de chance, en effet, dit-elle, en proposant à l'homme deux détachants surpuissants. Il répond Ne m'en parlez pas ! Et celui-là m'avait été recommandé par ma fille. J'en tremble à l'idée qu'elle l'ait côtoyé. Vous savez, je rêve du jour où on pourra repérer les Fragiles sur une carte, comme avec les pédophiles et les violeurs. D'un simple coup d'œil. Hop. Qu'à la première tentative, on puisse les enregistrer, les foutre dans un registre consultable par tout le monde. Je me sentirais bien plus en sécurité. Elle dit qu'elle aussi, elle trouverait ça pratique, et ouvre une bouteille jaune. Du Décap'fort. Très bon produit. Très efficace. Utilisé par les industriels dans les abattoirs. Le client a l'air intéressé, demande si on peut faire un essai avec du vrai sang. Elle jette un coup d'œil au patron. Il lui fait non de la tête. Plus de sang de bœuf en réserve. Elle propose une alternative à base de ketchup, pour la vraisemblance. Il soupire. Elle ajoute Sinon, vous avez aussi l'autre détergeant. Un peu plus doux. Il y aura plus de passages, mais ce sera moins agressif pour votre moquette. Il refuse, ausculte l'étiquette, n'y trouve pas ce qu'il cherche. Il prend tout son temps. Elle en profite pour lui parler des shampouineuses, sous le regard admiratif des employés. C'est 80 % de la réussite, une bonne shampouineuse.

« La folie court dans ma famille.
Et même, elle galope. »

Joseph Kesselring, *Arsenic et vieilles dentelles*

Elle s'est pincé les joues dans l'ascenseur pour avoir bonne mine. C'est la première fois qu'elle rend visite à sa fille et son gendre depuis la fin des travaux. Les vieilles pierres de l'immeuble ont été dénudées et la tôle du toit a été découpée pour créer un rooftop. Le salon est encombré de bibelots. Il y a une table industrielle, un canapé d'angle à l'esprit *vintage*. Hélène attache beaucoup d'importance à la disposition des meubles. Mal placer une commode peut la plonger dans un désarroi profond. Gus vient la saluer. Visage constellé de cicatrices d'acné, sourcils noirs épilés, regard nerveux et mains robustes. Il ne porte pas de pantalon, juste un caleçon bariolé et une chemise à carreaux. Il dit Tu as vu, Jérémiade, cette année on a pensé à la fête des Mères, on s'améliore ! Gus est architecte. Il claironne qu'il rénove le monde dès qu'il en a l'occasion et passe tout son temps libre dans un bureau où flotte en permanence une odeur de permanganate de potassium et d'épinards. Difficile de savoir ce qu'il y concocte, une soupe ou un génocide. Le couple qu'ils forment dégage une harmonie que seuls deux dénis parfaitement synchronisés arrivent à créer. Elle a du mal à respirer, ses mains sont moites. La soirée commence mal. Elle doit faire un effort. Être aimable. S'acclimater à ce décor modèle. S'acclimater à la radio qui diffuse du jazz entrecoupé de conversations sur le jazz. Après tout, elle n'est pas dans un parc d'attractions hanté, avec pêche aux canards boiteux, train fantôme des souvenirs refoulés et miroirs déformants. Rien de tout ça.

Elle est en famille.

Gus s'est habillé. Il tient dans le creux de ses mains des tranches de patates douces séchées. Il lui conseille de goûter, et ajoute La patate douce, c'est le futur. Elle décline son offre, dit se réserver pour le dîner, félicite sa fille pour la délicieuse odeur qui s'échappe de la cuisine. Il y a deux semaines, elle voulait se pendre. Ce soir, elle espère qu'Hélène aura préparé son platphare. Il insiste, lui montre les patates sous toutes les coutures. Il les tient comme un trésor, les caresse avec une infinie tendresse. Il avale une première tranche, lui trouve un croustillant parfait. C'est comme s'il mangeait ses propres croûtes. Et sinon, comment ça va au magasin ? demande-t-il la bouche pleine. Je veux dire tous ces dingues qui ne pensent qu'à se flinguer, ça chamboule ton chiffre, non ? Elle répond On n'est pas vraiment touchés. Nettoyer, c'est quasiment un instinct de conservation chez les gens. On vient d'inaugurer le troisième magasin. Hélène, ovale gracieux, nez retroussé, quitte la cuisine. Elle porte un tablier jaune moutarde sur sa robe pailletée trop serrée et une paire de gants fluorescents en caoutchouc. Ils finiront par avoir notre peau, dit Gus en posant sa grosse main blanche et humide sur la jambe de sa femme. Tu fais comme tu le sens mon cœur, mais si j'étais toi, j'éviterais les sorties inutiles. Hélène répond Tu parles d'eux comme si c'étaient des monstres. Jérémiade a chaud. Jérémiade a froid. Jérémiade tremble à l'idée qu'Hélène puisse un jour la voir comme un monstre. Pour Gus, c'est déjà le cas. Elle le répugne, ça se voit. Il ne la *sent pas*, même s'il ignore tout de sa Fragilité. Elle prend la bouteille de vin et se sert un grand verre. Ses doigts blanchissent légèrement.

Elle comprenait que l'on veuille trouver des explications simples et rassurantes au cauchemar que le pays vivait. Il y avait ceux qui croyaient à un virus, il y avait ceux qui croyait à un complot, et il y avait Gus. Pour lui, les Fragiles avaient une intention consciente de nuire. Il voulait voir en chacun d'eux un polype connecté, voué à la multiplication de ses cellules et rien d'autre. Pour tous les Gus du monde, les Fragiles appartenaient à un sous-ensemble humain. Ils colportaient la peste. Dans les médias, on parlait aussi de fléau divin. Certains même s'en réjouissaient. Les humains payaient les souffrances infligées aux animaux, la nature dépecée, les océans ravagés. Tout finirait par disparaître. Feu la banquise, feu les baleines, feu les abeilles, feu nos forêts, nos petits cours d'eau, nos truites sauvages. Feu la mer, et les airs. Feu l'humanité. Gus allume une bougie posée sur la table. Il dit Mets tes mains au-dessus, ça va te réchauffer, t'as pas l'air bien. Elle obéit, place ses mains glacées au-dessus de la flamme, trop près, sans doute. Elle sourit et dit J'ai juste un peu froid. Elle pioche un cracker dans le bol qu'il lui tend. Les tremblements reprennent. Sa coquille se fissure. Elle n'aura même pas tenu jusqu'au repas. Elle peut sentir ses chairs s'écarter, et de chaque côté, les tissus en souffrance qui tapissent son intérieur. Elle ramasse un vieux plaid pelucheux qui traîne par terre et s'enroule dedans. Son ventre se soulève. Chaque muscle est mis à contribution pour l'aider à retrouver son souffle. Elle sait bien ce qui la terrifie. Les habitants de son immeuble ne sont que des noms sur des sparadraps jaunis par le temps, elle est redevenue transparente pour ses collègues, Victor lui échappe. Si elle ne fait pas attention, elle perdra Hélène aussi. Ma fille doit trouver formidable que tu t'investisses autant dans ton travail, parvient-elle à articuler. Il répond Hélène m'encourage, mais il n'y a pas qu'elle. J'ai été promu Chief Happiness Officer, y a pas une semaine. Elle replonge la main dans le bol de crackers. Elle y trouvera bien une lame de rasoir ou deux.

*

Hélène aime cuisiner et le montrer. Des plats copieux et vieillots du siècle passé, des fonds de sauce à base d'abats. Chacun de ses menus mériterait une préface et un épilogue. Jérémiade ne l'avait pas élevée comme ça, en bonne petite ménagère, vitrine parfaite de téléachat, mais

Hélène voulait plaire à son mari qui, disait-elle, la rendait plus heureuse que jamais. Gus dispose les serviettes en tissu à côté des assiettes. Présent, docile, consensuel, et ne jurant que par le compromis, il était comme une certaine idée du bonheur quand on n'y a jamais goûté. L'homme parfait, s'extasiait Hélène. Pour Jérémiade, qui tentait depuis toujours d'échapper au même destin, à la même tromperie sur la marchandise, à cette vie faite de la lente décomposition d'un idéal et de la multiplication des clafoutis, sa fille était une curiosité. Le dîner est prêt. La table est dressée. Il y a même une nappe en dentelle et quelques fleurs fragiles, des pois de senteur, dans un vase. Hélène apporte une énorme pintade sur un grand plat en verre. La volaille repose sur son lit de laitue défraîchie. Tu es assise à ma gauche, dit Hélène, et comme c'est ta fête, tu as la plus jolie des trois assiettes, regarde, c'est celle avec le liseré rose. Alors, tu es contente ? Jérémiade doit sourire, c'est ce qu'on attend d'elle. Sinon pourquoi la pintade ? Pourquoi l'argenterie ? Pourquoi les morilles ?

Alors, comme à chaque fois, elle raconte la journée d'une autre femme. Avec un peu de chance, elle aura droit à une cuillère de jus supplémentaire.

*

Faire les courses dans mon quartier c'est un bonheur il est si vivant malgré l'ambiance c'est fou comme l'ouverture d'un nouveau restaurant peut changer le visage d'une rue je n'ai jamais vu autant de gens dans les magasins c'est ma fourchette Gus tu vois elle est déformée sur la dernière dent je n'imaginais pas ça en prenant cet appartement bien sûr il n'est pas au calme mais quel quartier de grandes villes l'est et puis le voisinage est adorable oh vraiment discret mais bienveillant encore du vin rouge non merci je ne vais pas m'endormir sur la nappe oh et puis si verse-moi un verre il est très bon tu vois avec les voisins justement on en parle tout le temps il faut se soutenir la solidarité à mon âge c'est important ils viennent souvent chez moi oui je vois du monde j'en vois presque trop à la fin j'ai presque envie de tirer dans le tas regarde Hélène tu as vu j'ai tout mangé absolument tout il reste les os tranchants Gus voudrait que je les mange les petits os tranchants que j'avale tout que je n'en laisse pas une miette le travail marche bien c'est un super mois pour la vente avant noël les gens nettoient tout il faut faire place nette il faut accueillir la famille et la famille de la famille fallait pas t'inquiéter Hélène je savais que ce métier n'était plus fait pour moi il y a ces moments où je fatigue je me dis non merci plus de pintade j'ai le ventre plein non ce n'est rien ça arrive à tout le monde d'avoir des périodes où l'on se terre sous le tapis de démonstration on ne se fait pas virer pour si peu et puis sinon tant pis il y a du travail partout alors tu vois un de perdu oui c'est du lin ma chemise on dirait pourtant du coton mais les postes se libèrent parce que les gens meurent ils ne reviennent pas de leur RTT ils ne reviennent plus jamais parlons oui parlons de choses plus gaies je vous assure je vais très bien tes petits plats me ravissent ma chérie tu devrais monter ton affaire.

*

Hélène n'a pas passé trois heures en cuisine pour rien. Les assiettes sont vides, les sujets de conversation ont fleuri sur la carcasse de la pintade, les intimités ont savamment été escamotées. Jérémiade a mangé la décoration, oui, même la laitue défraîchie, mais elle voit aux vaisseaux qui étoilent les joues d'Hélène qu'elle est toujours aussi contrariée. Gus a le regard fixe et mauvais. Il se tait depuis le début du repas, fait crisser sa fourchette sur son assiette, et a émietté tous les pois de senteur.

Elle se réfugie dans les toilettes. Foutu pour foutu, autant prétexter une indigestion. À quelques mètres de là, Hélène s'échine à rattraper un plat à gratin resté trop longtemps au four. Jérémiade aurait voulu se jeter dans ses bras, s'agripper à sa jambe, être bercée, cajolée, devenir l'enfant de son enfant. Raté. La faute à l'ordre des choses. Elle n'est pas du genre à repousser l'obscurité à coups de fond de veau. Elle est étanche au charme de la vie, c'est tout. Et pourtant, elle aurait aimé recevoir sa famille, elle aussi. Porter un tablier, déchiffrer des recettes couvertes de graisse de canard, au lieu de penser à la meilleure façon de crever. Vingt minutes aux toilettes c'est trop. C'est suspect. Sa fille va s'inquiéter. Pire, elle fera intervenir Gus. Il se collera à la porte, à l'affût. Il retournera auprès d'Hélène, lui chuchotera que ça sent le vomi et l'angoisse, qu'elle est probablement contagieuse, qu'il faut tout désinfecter après son départ. Elle doit réagir. L'usure d'être quelqu'un n'est rien comparée à l'usure d'être quelqu'un d'autre.

*

Hélène fume, adossée à l'évier. Elle se repasse le film de ces deux dernières heures. Elle cherche à comprendre encore et toujours, ce qui ne tourne pas rond chez sa mère. Elle côtoyait l'*araignée au plafond de Maman* depuis qu'elle était petite. Ce sont des souvenirs puissants, les souvenirs d'enfance malheureux, ils ne vous lâchent pas. Les pas lourds, les toilettes fermées à double tour, la démarche lestée d'angoisse. Ces mots lancés à toute vitesse, sans queue ni tête, suivis du déraillement complet du train. Hélène n'avait aucun souvenir de l'école, des vacances, des jeux, des petits amoureux, des copines ou des anniversaires en famille. Elle ne se souvenait que de l'*araignée au plafond de Maman*. Elle avait pris toute la place. On épluche une banane, on colle des gommettes, on se fait un câlin devant les dessins animés, et puis Maman ne se sent pas bien, Maman part. Pas longtemps, promis. Et puis, une autre Maman au visage gris et aux lèvres étrangement bleues revient. Elle a des choses à dire. Tout plein de déjections verbales. La tronche pleine de ronces. Maman a désaccordé Maman.

Entre deux bouffées de fumée âcre, Hélène sent la présence angoissante de l'araignée. Elle reprend une cigarette dans son paquet. L'allume. C'est peut-être ça, la compassion. L'envie de sauter à la gorge de ceux qu'on aime quand ils se font du mal. Et puis, finalement, on allume une cigarette.

*

Jérémiade reste timidement dans l'entrée étroite de la cuisine. Hélène est montée sur le balcon et l'observe. Détaille les os saillants sous l'étoffe légère, le visage contrarié, les longues mains couvertes de bagues. Jérémiade avait gardé son alliance et sa bague de fiançailles. Et aussi toutes les autres bagues que le père d'Hélène, Vincent, lui avait offertes. Vincent la couvrait de cadeaux. Il était parfois chouette, Vincent. Elle ne se séparait jamais de ces bagues, même si ses doigts trop maigres avaient toujours l'air de souffrir sous leur poids. Elle passe la petite marche encombrée de plantes aromatiques et se tient au chambranle de la fenêtre. Tout en bas, c'est la course folle pour rentrer chez soi. On klaxonne. Fort. Des insultes remontent par bribes. Quelqu'un ne tardera pas à aller se faire enculer s'il ne serre pas plus à droite. Au-dessus des immeubles, les nuages s'amoncellent en pelotes anthracite. Hélène hurle Comment tu peux me faire ça ? La puissance de sa voix ordinairement fluette surprend Jérémiade. T'as pas le droit, poursuit Hélène. T'as pas le droit de me faire ça au moment où j'attends un enfant !

Au même instant, Gus a surgi. Il n'entrait jamais, Gus, il surgissait, campé sur ses cuisses robustes comme des vérins. Jérémiade se serre tout contre la rambarde. Elle veut Victor et leur lit trop petit, elle veut ses bras. Loin d'ici. Elle s'agrippe aux pots de fleurs, aux feuilles poilues des géraniums, enfonce ses ongles rongés dans la terre humide. Gus a du mal à cacher son excitation. Ça fait si longtemps qu'il attend ça. Son visage à moitié dissimulé dans le noir, il continue d'avancer. Le balcon est étroit. Minuscule. Jérémiade ne tient plus que sur la pointe des pieds. Vertige. Les mots de sa fille, la peur de Gus, l'embouteillage monstre l'ennivrent. Tout se mélange. Elle cherche n'importe quoi pour soutenir son corps qui vacille. Tu ne penses qu'à toi. Depuis toujours, tu ne penses qu'à toi ! sanglote Hélène. Elle pourrait basculer. Elle sait que Gus ne la retiendra pas. Son regard plonge, attiré par l'éclat de la rue. Le sol lui paraît si facile à atteindre. Il faut peser sur le garde-fou de tout son poids, à cheval sur les jardinières, et se laisser aller. Chuter. Éclabousser de sang le toit d'une voiture de sport, d'un break ou d'une voiture familiale. Aucune importance. La voiture de derrière klaxonnera quand même. Elle n'avait pas trouvé la moindre raison de ne pas passer à l'acte, l'autre jour, à côté de l'enseigne au porc hilare, ce soir Hélène vient de lui en donner une. C'est elle qui a raison. On ne fige pas le cœur de son enfant qui va donner la vie. On ne peut pas.

Son corps pivote. Elle retire de ses doigts les mottes de terre tiède et les racines fines comme des cheveux d'ange, et se redresse. Ses pieds retrouvent la fermeté du sol.

*

Les cheveux bouclés de Victor masquent complètement son visage. Il lui fait signe d'entrer. Elle n'a pas le temps d'évoquer avec lui la soirée. Ni la grossesse d'Hélène. Déjà, il lui tourne le dos. Il a dû confier à l'alcool ou aux cachets la pénible besogne de l'assommer. Il se laisse guider, les yeux clos, par l'odeur de la chambre à coucher. Un mélange d'affaires sales et de musc blanc. À peine allongé, il se rendort. Sous le maillot de corps qui traîne, sous ses chaussettes et son bermuda, elle distingue huit cadavres de bouteilles de bière. Quatre autres sous le lit. Elle le pousse doucement, puis plus fort, lui dit Réveille-toi, c'est important. Il ne bouge pas. Des cafards pourraient courir dans les replis des draps, la chaleur les fait sortir la nuit, il ne s'en rendrait même pas compte. Elle s'allonge près de lui, sur les oreillers humides, encore habillée. Se repasse le film de la soirée. Dans la semi-obscurité, ses pieds lui paraissent immenses et ceux de Victor tout petits. Le vernis rose bonbon posé ce matin s'écaille déjà. Les flacons de gel douche posés sur la baignoire apparaissent et disparaissent sous le néon de la salle de bains qui grésille. Elle aime prendre un bain au milieu de la nuit. Elle s'allonge dans la mousse grise, dans l'eau très chaude, les jambes éclairées par la lumière crayeuse des rayons de la lune. Elle se met en position fœtale. Il n'y a pas un bruit. Au moindre mouvement de son corps, l'eau vient lécher chacune des îles minuscules qui affleurent à la surface. L'os du genou. Celui de l'aine. Un bout d'oreille. Bercée par ce ressac, elle pourrait presque s'endormir.

Victor ne ronfle plus. Sa respiration lente et apaisée fait bouger le mobile suspendu au-dessus de la tête de lit. Pour passer le temps, Victor fabrique des mobiles en papier de riz. Les neuf planètes peintes à l'aquarelle tournent au moindre souffle, tout doucement. Un soir, il avait trouvé Jérémiade allongée, le visage crispé. Elle avait l'air d'être morte depuis longtemps. Il se souvenait pourtant de l'avoir vue le matin même. Il se souvenait de ce qu'elle avait mangé. Deux tartines à la marmelade d'orange. Des haricots à la tomate. Beaucoup de café. Mais l'idée d'appeler les secours lui avait paru aussi incongrue que s'il avait eu à le faire au milieu d'une morgue. Et puis, il avait levé les yeux au plafond. Une ombre bougeait. Le mobile bougeait. Les planètes dansaient comme ce soir. Pluton se balançait, Jupiter tournait sur elle-même, Saturne faisait du hula-hoop, et en dessous, son amoureuse respirait, bien vivante.

*

Deux ambulanciers accompagnent Hélène et Gus. Sonneries puissantes. Jérémiade se traîne dans l'entrée. Elle a très mal dormi. Ils n'attendent pas qu'elle ramasse sa chaussure gauche, celle qui a roulé sous la table hier soir. Elle n'oppose aucune résistance. À quoi bon ? Victor bondit du lit. Il se précipite vers ce qui reste d'elle dans l'encablure de la porte. Sa main lui échappe. Il proteste. Les ambulanciers sont polis, mais fermes, quand ils lui ordonnent de reculer. Elle voit la panique sur son visage ensommeillé, la tristesse dans les yeux de sa fille.

Elle voit les joues écarlates de Gus. Et le voisin qui monte avec ses croissants.

Hélène a demandé sa mise sous tutelle, donc son internement forcé dans un Pavillon de la Fragilité. Elle n'est pas surprise, les bonnes intentions du cercle familial sont devenues pour beaucoup de Fragiles des barreaux bien ordonnés aux fenêtres, et quelques-unes de ses connaissances y croupissent déjà pour leur bien. Pendant la soirée, Gus avait fouillé son sac. Il avait trouvé des textos compromettants envoyés à Victor juste après sa tentative. Tu m'y obliges, tu m'y obliges, ne cesse de répéter Hélène.

C'est peut-être vrai.

*

Après quelques coups de volant qui l'ont propulsée deux ou trois fois hors de son siège, elle a fini par arriver à bon port. L'hôpital s'étale sur toute la longueur du boulevard. Avec ses restes de maisonnettes décrépites, il ressemble à la ménagerie du jardin des Plantes, qui égaye les dimanches des enfants et fait mourir de tristesse les animaux. Elle ne restera pas longtemps ici. Le diagnostic et les premiers examens s'y dérouleront dans l'attente de son transfert. Des infirmiers sont venus la récupérer. Elle peut apercevoir par-dessus leurs épaules quelques fenêtres grillagées sur lesquelles s'agrippe une vigne agonisante. Les murs sont sales et couverts d'affiches écornées. On l'installe dans un coin, à l'écart. L'odeur de l'antiseptique lui chatouille le nez. Sa fille veut l'enfermer. Pour. La. Protéger. D'elle-même. Ce qu'elle a entendu de ces lieux n'est ni inquiétant ni réconfortant. Il faut imaginer un genre de purgatoire, d'asile peuplé d'âmes décolorées et de corps flottants dans des corridors gris. Deux heures passent. Elle compte les poches de perfusion et les gens qui défilent dans le service. Elle observe la longue procession d'épouvantails imbibés de vin rouge, leur air un peu perdu. Tous ces visages creusés. Il n'y a pas un sillon, pas une ride qui ne raconte la même chose. La même crainte d'être oublié pour toujours. Là, sur les sièges vissés au sol de la salle d'attente de l'hôpital. Certains souhaitent en découdre. D'autres dorment. Leurs ventres ronds et poilus montent et descendent gentiment au rythme de leur respiration. Soudain, tout s'accélère. Les infirmiers se succèdent, Jérémiade doit remplir un tas de formulaires. Des petits, des carrés, rectangulaires ou touffus. Elle doit répondre à des questions intimes. Elle a l'impression que tout le personnel hospitalier disponible la travaille comme une pâte qu'on déroule et qu'on étire, jusqu'à la transparence exigée. Une petite bonne femme la prie de la suivre. Elle n'a pas trente ans. Elle est très brune, assez poilue et porte une blouse trop serrée. Une petite croix en or s'enfonce dans le pli des seins. Elle veut des détails sur ses pulsions suicidaires. Jérémiade ne comprend pas si elle parle des raisons ou de la technique employée. Les raisons n'ont aucune importance, dit la petite bonne femme. Elle veut des détails sur la technique employée. Elle veut des précisions sur les mois, les jours, les heures, les lieux. Où, oui, où et quand,

quand et comment. Elle écarte largement ses bras quand elle dit Les mois, puis les ressert pour les jours et les heures. La petite croix résiste vaillamment à l'ensevelissement total dans sa paire de seins comme dans des sables mouvants. Jérémiade se concentre. L'exercice est ardu. Il faut distinguer les tentatives des intentions, les intentions du désir, et le désir du simple soulagement à l'idée d'y penser. La tâche accomplie, elle se rassied au fond du couloir et patiente. Elle remarque une vieille dame sur son chariot qui attend sûrement d'être auscultée elle aussi. La vieille hurle. Elle ne veut pas qu'on la soigne ou qu'on lui parle, elle ne veut pas qu'on la touche. Elle veut savoir quand *Il* viendra la chercher. Il doit venir me chercher. Pourquoi ne l'appelez-vous pas ? dit-elle. Personne ne répond. Jérémiade se demande où se trouve son *Il* à elle. Après avoir refermé la porte ce matin, est-il allé se recoucher ? A-t-il pensé que ce n'était qu'un rêve ? Est-ce qu'il attendra ce soir son retour du Parfait Nettoyeur ? La porte située à côté de la desserte s'ouvre. Un jeune interne tristement survolté déboule. Il a une tête de toxicomane. Ses pupilles sont dilatées et sa peau très grasse. Il n'en est pas à sa première nuit blanche. Il gratte avec insistance l'arête de son nez balayée par une mèche de cheveux. Elle lui dit son nom. Trois fois. Jérémiade Boulanger. Jérémiade Boulanger. Jérémiade Boulanger. Il veut savoir où sont rangées ses affaires personnelles. Elle n'en sait rien. Dans sa main, une grosse seringue. Une seringue de péridurale. Une épée. Il dit Allez, on va faire un petit somme, madame Boulanger. Elle recule, mais n'a nulle part où aller. Comme la vieille dame sur son brancard, elle panique. Son désespoir est moulé dans la même argile. Elle se sent trahie. Elle était docile, confiante. Elle avait répondu à toutes les questions. Elle avait épelé correctement son nom et s'était mise à nu avec obéissance. Elle n'avait rien d'une bête qu'il fallait assommer à tout prix. Maintenant, elle se retrouve à la merci de ce puceau aigri. Elle suffoque. Elle peut entendre les cris de tous ceux qui l'ont précédée dans cette pièce. De tous ceux qui ont basculé dans la crainte animale. Le prédateur à la seringue n'aime pas particulièrement la chasse. Il est machinal, ses traits accusent la fatigue. Il fait ce qu'il a à faire avec un Fragile. C'est tout. Maintenant, il lui tord le bras, lui conseille de se calmer. Deux infirmiers entrent. L'interne leur dit qu'il maîtrise parfaitement la situation. Ils repartent. Elle sent la chaleur du produit remonter ses veines. Son corps tout entier s'engourdir. L'interne est déjà flou. Difforme. Il prend son téléphone, dégage sa mèche et crie *cheese*. Elle marmonne quelque chose. Elle ne se comprend pas elle-même. Sa voix ne lui obéit plus. Une ancre rattache ses organes au fond d'une eau amère. Sa tête frappe la desserte recouverte de tubes à essai. L'interne la relève et nettoie avec beaucoup de délicatesse la fine entaille qui traverse son arcade sourcilière gauche. Après tout, il est médecin. Il lui fait à nouveau prendre la pose, place deux doigts sur ses joues et tire. Il écrit une légende sous la photo, 36e heure de garde. C'était elle ou moi. #NoFilter, et prend une dernière photo, la tête posée sur son épaule. Comme ces couples devant un coucher de soleil de carte postale.

*

Le jour décline, obscurcissant l'affiche suspendue au-dessus du lit. Victor transpire à grosses gouttes. Il regarde dormir Jérémiade. Spectre mal accoutré. Eurydice un peu tapée. Il observe ses narines se dilater jusqu'au trognon. Son souffle fiévreux cheminer jusqu'aux voilages troués de la chambre et les soulever lentement. Il regarde sa langue rose et molle chargée de toxines sortir de sa bouche comme un chien qui halète. Décoiffée, cireuse et moche. Il est fou d'elle.

Elle se réveille en pleurant. Pendant toutes ces années passées aux côtés de Victor, elle avait réussi à éviter qu'il la voie abîmée comme aujourd'hui. Elle restait toujours seule après chaque tentative. Elle essaie de se redresser, mais une violente migraine lui fend le crâne. Victor éponge son front dégoulinant. Il va la sortir d'ici au plus vite, il le jure. Il parle lentement, comme à l'un de ces grands traumatisés à qui il faut tout réapprendre. Il dit Un avocat est présent, Jérémiade, dans la chambre, il est prêt à t'écouter. Elle plisse les yeux, distingue à peine sa silhouette. À droite, la nuit ronge une large partie du mur. L'avocat retire son épitoge, s'essuie la bouche avec le rabat, le jette sur le lit. Il a trop chaud, part se rafraîchir aux toilettes. Victor en profite pour lui glisser qu'il a tout prévu, qu'il a un plan. Qu'il faut simplement qu'elle la boucle. Sa détermination la surprend.

L'avocat revient. Il dit Rappelez-moi son nom. Jérémiade Boulanger, répond Victor, qui ajoute Je vis avec elle, alors je la connais mieux que sa famille. L'avocat murmure Vous savez que la mise sous tutelle pour les Fragiles, c'est la norme maintenant ? Victor proteste. Tout ce qu'il sait, c'est que des médecins l'ont droguée et qu'on ne va pas commencer à enfermer les gens sans preuve sinon c'est la fin de tout. L'avocat lui fait signe de parler plus doucement.

Il dit Je comprends votre inquiétude, mais j'ai lu le dossier d'admission. C'est elle qui a reconnu avoir attenté à ses jours et pas sa fille ou son gendre. Elle aurait même avoué que ce n'était pas la première fois. Victor pâlit. Sur un ton suppliant, il répète que les médecins l'ont shootée, c'est pour ça qu'elle a dit n'importe quoi. Il lui assure qu'Hélène ne connaît rien à sa vie, rien à la vie. Rien à rien. Qu'ils ne la voient jamais. L'avocat le dévisage. Quelle est la nature de vos relations ? demande-t-il. C'est ma fiancée, gémit Victor en serrant la main de Jérémiade contre son cœur. Elle se fige. Crampe au bras. Stupeur. La plupart des bagues qu'elle portait en entrant à l'hôpital ont disparu. Il ne reste que la bague de fiançailles offerte par Vincent. Victor remarque le regard épouvanté de Jérémiade, mais ne se démonte pas. L'avocat paraît soudain plus détendu. Ah, mais ça change tout, ça ! Les décisions de sa fille pèseront beaucoup moins. Vous avez déjà fixé une date ? Avec aplomb, Victor dit La cérémonie est prévue dans quelques semaines. Elle essaie de lui couper la parole, mais rien ne sort. Il continue de broyer adroitement ses doigts. Une infirmière entre, prend sa tension, la juge trop haute, tripote la perfusion. L'avocat écrit quelques notes dans son carnet. Regard implorant de Jérémiade, mais Victor déploie ses béquilles. Il dit Je peux vous présenter mille familles qui n'attendent que ça, foutre leur gosse, leur frère, père ou mère dans un de ces abominables Pavillons. Jérémiade n'est pas une Fragile. Sa place est auprès de moi. On veut juste s'aimer. On veut que le jour de notre mariage soit le premier jour du reste de notre vie. L'avocat lui tape amicalement sur l'épaule et promet de tout faire pour aboutir à cette issue positive. C'est un cas qui se plaidera très bien, dit-il, car le mariage est proche, ne vous inquiétez pas trop. Rapportez-moi des choses qui prouvent qu'elle aime la vie. Des tickets de cinéma, de concert, des notes de restaurant ou des photos de vos balades en forêt, bref, tout ce que vous estimerez utile pour sa remise en liberté. Je me charge du reste. Visiblement soulagé, Victor le raccompagne à la porte et retourne près du lit, fier de son mensonge. Victor fabrique des mobiles.

*

À son réveil, la télé braille. On retransmet l'émission qui couvre l'événement du jour, *La grande fête pour la vie.* L'angle choisi pour le reportage est politique. Le reporter s'attache à tout montrer du déplacement du Premier ministre, à commencer par les longs travellings dans les salons déserts de la résidence ministérielle, comme une mise en abîme de la grave crise sanitaire qui désagrège le pays, enfin, c'est l'idée. Dans l'éclairage aveuglant des spots, on le voit gravir l'escalier qui le sépare du bureau de sa secrétaire, suivi par une cohorte de journalistes. La secrétaire est absente et la caméra balaie la pièce. Son sac à main trône encore sur une table basse, à côté d'une tasse remplie de café. La voix off s'interroge aussi sur l'absence du directeur de cabinet. Où sont-ils tous passés ? dit quelqu'un en plateau. Les seuls occupants de la pièce sont deux énormes chiens, des Saint-Hubert au poil lustré, si immobiles qu'on croirait à des statues. Une flaque de pisse s'étale lentement sur le parquet en dalles d'Aremberg. Le Premier ministre siffle et ses chiens accourent. En plateau, on s'esclaffe. Au même moment, le compteur de morts, affiché en bas à gauche de l'écran, augmente de vingt et un points. Les bureaux vides du palais défilent d'étage en étage, hantés par les mauvaises nouvelles. Les huissiers ont quitté leur poste, les dépendances sont vides. Le chauffeur du Premier ministre avance le siège avant pour qu'il puisse étendre ses jambes. Il est livide, mais moins que son patron. Il ouvre le coffre, dispose des couvertures douillettes pour les chiens. Soulever leurs fesses musculeuses lui inspire une moue de dégoût allègrement commentée. On suit maintenant le cortège, poursuivi par une horde de motards, appareil photo en bandoulière. Dans le ciel, les hélicoptères de la sûreté civile stationnent assez bas. Leur ballet est entrecoupé par le ronronnement étouffé d'une dizaine de drones munis également de caméras.

Ils quadrillent la place et se balancent avec souplesse, de gauche à droite puis de bas en haut. Le cortège du ministre fend le cordon de sécurité. Des vigiles habillés en blanc de la tête aux pieds encerclent la foule. Des enfants, juchés sur les épaules de leurs parents, se dandinent. Les bénévoles offrent des goodies aux couleurs de la fête, serpentins, cotillons, pétards ; c'est carnaval. On est venu dire un grand ouialavie, sécher des larmes qu'on refuse de voir couler. Célébrer sa capacité de résilience instantanée sous une pluie de confettis. Les bonnes résolutions se lisent sur les visages : personne ne pliera sous le poids du chagrin.

« *At first I was afraid, I was petrified*
Kept thinking I could never live without you
by my side
But then I spent so many nights thinking
how you did me wrong
And I grew strong,
and I learned how to get along »

La foule chante. La caméra cadre la scène. On y distingue une femme qui chante elle aussi avec entrain. Les commentateurs la décrivent comme une adversaire politique qui donne du fil à retordre au gouvernement. Elle a ramassé ses longs cheveux en une natte épaisse qui flotte derrière elle. Avec son teint presque transparent et ses boucles rousses, elle ressemble à l'une de ces figures préraphaélites à la sensualité contrariée. Elle ne marche pas sur l'estrade, elle se promène sur une mousse légère. Une acclamation résonne. Elle sourit à la foule, hoche la tête, puis envoie un baiser à quelqu'un dans la masse. En plateau, on parle de baiser de la mort adressé au Premier ministre, de chant du cygne. *Cut.* Gros plan sur une journaliste au nez porcin qui relate les circonstances d'un accident survenu plus tôt dans la matinée. Deux hommes se sont jetés du sixième étage d'un immeuble qui surplombe le lieu de la fête. Des patriotes du Vivant, une milice de citoyens très active dans la capitale, les auraient achevés à coups de batte de base-ball. *Cut.* Vidéos prises sur le lieu du drame avec des téléphones portables. Sauvagerie de l'agression. *Cut.* Les commentateurs essayent de *contextualiser* l'événement. Les gens sont en colère, mais. La violence ne résout rien, mais. Beaucoup de mais. Des mais en pagaille. Retour sur la femme à la natte, rouge de colère. Elle dit que ceux qui se morfondent à chaque décès de Fragile, qui s'enterrent dans le chagrin, ceux-là sont contre le peuple. Elle dit que la gravité des crimes perpétrés par les patriotes du Vivant ces dernières semaines ne doit pas faire oublier la malice des Fragiles qui ne cherchent qu'à diviser. Ce n'est pas un hasard si ces hommes ont choisi cette place et ce jour précis pour commettre leur acte, ajoute-t-elle. Elle invite la foule à danser, à rire et à communier dans la joie. Il ne faut pas se laisser intimider. Ils ne nous auront pas. Ils n'auront jamais ceux qui, dans le respect de la différence, choisissent la vie. La foule répète en chœur. Ils ne nous auront pas. Ensemble, protégeons-nous de la Fragilité. Gros plan sur le visage fantomatique du Premier ministre.

La musique reprend.

« *Go on now, go, walk out the door*
Just turn around now
'cause you're not welcome anymore
Weren't you the one who tried to hurt me
with goodbye ?
Did you think I'd crumble ?
Did you think I'd lay down and die ?
Oh no, not I, I will survive. »

Ses paupières sont closes, mais les images restent scotchées à sa rétine. Elles baignent dans un gruau sombre et poisseux, mélange de pop-corn et de sang. Jérémiade n'a pas la force de reprocher aux autres de dresser des murs pour continuer à vivre comme avant. C'est normal de vouloir se rendre au travail, au supermarché, de vouloir ouvrir une bouteille de vin le soir et tremper des biscuits secs dans son thé. Il faut que *ÇA* n'existe pas. Que *ÇA* n'ait jamais existé. Mais dans ce besoin de rester indemne envers et contre tout, dans ces injonctions à sauter de joie sur les cadavres pour les enterrer plus vite et passer à autre chose, dans cette soif de résilience cuisson express au micro-ondes, la panique semble tout de même parfaitement visible ; on se trémousse pour ne pas trembler.

*

Elle pense, Ton visage est un sortilège. Il n'a pas changé depuis l'enfance. Ton agitation, Hélène, tes yeux tristes et doux, tout trahit la mélancolie et la rage que tu as en toi, comme une bestiole qui tiendrait du koala et du loup. Plus encore lorsque tu sembles t'ennuyer comme maintenant, sur ta chaise étroite face au lit que j'occupe. Avec tes gros seins et ton gilet de mémère (en poils de quoi, d'ailleurs ?), tu portes très bien ton costume de femme enceinte, pour une toute petite fille. À l'âge de cinq ans, je t'avais inscrite à la danse classique, à ta demande. Où avais-tu appris que les petites filles aimaient ça ? Où avais-tu appris que ça se passait comme ça ? Pas à la maison en tout cas. Les rares moments où je dansais avec toi, ça tenait plus du rituel chamanique que de *Casse-noisette*. On hurlait, on se jetait par terre en gloussant, tu t'en souviens peut-être. Parfois, on réveillait les voisins, souvent, on les empêchait de dormir. Le premier jour à la danse, le professeur t'avait demandé de faire quelques entrechats. Tu avais miaulé. Hilarité générale chez les petites filles. Innocents et cruels bébés ballerines. J'avais ri aussi et tu m'en avais beaucoup voulu. Certains ne remarquaient pas ta grâce, c'était comme ça. Un jour, après l'école, tu m'as dit Je suis grande, finis les bêtises, les bonds, les grimaces, les cascades, finies les idioties. Tu t'étais mise à tout compter, tout trier, tout classer. Les galets, les céréales, les vêtements. La vue de deux grains de beauté parfaitement alignés sur une épaule te procurait un plaisir immense. Tu m'engueulais tous les matins, parce que j'avais du mal à maîtriser l'art du chignon. Je n'y pouvais rien. Tes cheveux blonds, bouclés, tout emberlificotés, résistaient à cette tornade de bienséance que tu t'imposais. Tu piquais des crises de nerfs quand je laissais tes affaires plus de deux jours dans le panier à linge, tu voulais qu'on coordonne nos vêtements. Tu pleurais parce que je ne savais pas où était passée ta brosse à dents ou que le petit-déjeuner n'était pas disposé sur la table comme dans la publicité que tu regardais à la télé, celle avec la famille radieuse. Tu voulais qu'on en soit la copie conforme, jusque dans la façon de parler. Tu avais pris cet accent curieux, haut perché. Tu m'avais fait acheter un tutu rose, des chaussons et des collants, roses évidemment. Une bombe couleur barbe à papa avait explosé dans ta garde-robe. Tu t'entraînais beaucoup à être une petite fille modèle. Jamais contente, ni de toi ni de moi. Je m'en foutais un peu, de tout ce tralala. Je ne sais toujours pas qui tu voulais être, à qui tu voulais ressembler. Les souvenirs défilent, ils arrosent les draps, éclaboussent les murs. Moi qui n'ai aucune mémoire. Aujourd'hui, on est toutes les deux dans ma cage, dans ce foutu piège tissé avec nos liens tordus. L'*araignée au plafond* plafonne. Tu somnoles, deux échographies à la main. Tu es venue m'annoncer que tu attendais des jumeaux. Un garçon, une fille. Ils s'appelleront Marguerite ou Ava, Simon ou Louis. Propre et Sans bavure. Tu as tout prévu pour eux. Les fœtus ont déjà la raie au milieu. Je t'ai caché le mensonge de Victor. Tu n'aurais jamais cru à un remariage de toute façon. Comme tous les enfants. Au fond, vous croyez toujours aux retrouvailles, même lorsque l'un des deux parents meurt. Vous croyez à l'éternité de l'amour. C'est plein d'histoires à raconter à son doudou quand la nuit tombe. Si tu avais su, il aurait fallu rentrer dans les détails, dire ce qui nous rapproche, Victor et moi, et ce qui le distingue de Papa. Je préfère me taire. J'aimerais tellement ne pas mentir, ne pas désobéir. Je ne sais pas si j'en ai le courage. Si je pars, je promets de construire une chambre semblable à celle-ci. Une illusion parfaite, un palais des glaces où mon visage se mêlera constamment au tien, où on essaiera de trouver une sortie pour chaque impasse, avant de comprendre qu'on tourne en rond. On en rira. Depuis que tu m'as enfermée, il n'y a jamais eu autant de gestes tendres entre nous. Normal. Tu as toujours jugé ma liberté dangereuse, tu l'as toujours décrite comme un solvant qui nous détachait l'une de l'autre. Tu m'as appelée Maman pour la première fois en vingt ans. Aujourd'hui. Tu as dit Regarde Maman comme ils sont mignons, en montrant les échographies, et puis tu m'as embrassée sur le front.

*

La cour a estimé les chances de guérison supérieures au risque qu'elle fait courir à la société. Le juge a déclaré que la balance bénéfice-risque était favorable à la plaignante. Jérémiade a gagné, mais elle s'en fout. Victor et l'avocat l'attendent sur le trottoir d'en face. Dehors ressemble à un décor, dehors est une farce. La circulation, l'autoradio qui hurle dans la voiture au feu rouge, le léger bruissement des feuilles, le piéton qui regarde son téléphone, le chien assis attaché à un plot, le jabot bien raide. Et même le clochard qui pisse côté jardin. Tout, absolument tout semble provenir du lointain souvenir que l'on a d'une ville fréquentée dans sa jeunesse. Victor, le jabot bien raide lui aussi, tient un bouquet de fleurs à la main. Il tremble et des pétales de roses tombent sur ses chaussures. Il est attentif à ses moindres gestes. Il renifle son hésitation, sa réticence à faire deux pas de plus. Elle ne doit surtout pas gâcher ce moment. Son moment. Il attend ça depuis des semaines. Des semaines à imaginer leurs retrouvailles. À répéter en boucle L'amour est le moteur de la vie. Donne à ta vie la tournure que tu veux qu'elle prenne. Crois en tes rêves. Il s'est fait beau pour elle. Pour son cadeau du ciel. Il lui indique la sortie en mimant la marche à suivre. Un pas du pied gauche et un du pied droit. Il l'encourage de loin. Elle reste scotchée au perron comme une souris dans un piège à glu. Malgré l'envie de sentir sa chair et ses os, de respirer sa chevelure. Malgré la nécessité du contact physique. On n'imagine pas à quel point ça manque, le contact physique, la béance dans le cœur de ceux qui n'y ont plus droit. Les nouveau-nés se laissent mourir s'ils ne sont pas bercés, caressés, touchés tendrement par leurs parents. À l'âge adulte, si on n'est pas caressé, bercé et cajolé, ce qui reste du nouveau-né en soi meurt aussi. Elle est émue par son regard brûlant, par ce bleu profond qu'elle distingue, même d'aussi loin. Pourtant, l'envie de réintégrer sa chambre domine le désir de se jeter dans ses bras. S'envelopper dans ses draps jaunes et élimés, subir les plateaux-repas et leurs contenus secs et froids, regarder les infirmières errer dans les allées comme des amoureuses éconduites, entendre la voix soyeuse de la chef de service, les instructions qu'elle donne à son troupeau d'internes. Elle veut encore respirer l'odeur des lotions analgésiques qu'elle emporte dans son sillage. Au loin, les gestes accueillants de Victor, ceux de l'avocat. Ces deux mains ramenées vers leur torse et ces sourires affables qui disent Tu as le droit, la tutelle et les calmants, tout ça c'est fini. Dehors t'attend. Ce que les mains et les sourires taisent, ce sont les ruines dissimulées sous la mince couche d'asphalte.

L'hôpital est devenu son cocon. Elle aime en explorer les frontières. La cantine, la salle de repos, son îlot central avec les jeux de société, le petit morceau de jardin accessible à certaines heures seulement, et sa chambre aux murs crasseux. Rien ne vaut la liberté, c'est ce qu'on dit. Sauf que Jérémiade en liberté, ça se résume assez souvent à vérifier la solidité des plafonniers et pleurer sur la cuvette des toilettes. C'est compliqué la liberté, sans salle de repos, sans petit jardin accessible quelques heures, sans contours sûrs. C'est comme arpenter l'univers. Faut du courage. Faut croire à des choses qui n'existent pas. Faut apprivoiser la liberté. Faut du souffle. Des poumons immenses. Tout ça n'est pas pour elle. Elle se sent mieux dedans que dehors. Un lit, quatre murs. Un utérus bienfaisant et tout un tas de cordons ombilicaux. Un pas de plus, et la porte s'ouvrira. Un pas de plus et elle sera expulsée comme un fœtus arrivé à terme.

Elle n'y arrive pas.

Elle ne voit pas la mine déconfite de l'avocat et le visage défait de Victor. Elle ne le voit pas essayer de retrouver sa trace derrière la vitre du hall et pleurer au moment où sa masse de cheveux disparaît dans la masse de gens qui déambulent. Elle reprend avec empressement le chemin de sa chambre. Victor lui manque aussitôt.

*

Les murs du bureau du médecin responsable des admissions sont couverts de diplômes. Ils grimpent comme des roses trémières jusqu'aux moulures. Signer les documents qui l'autorisent à intégrer de façon permanente un Pavillon de la Fragilité ne lui prend que quelques minutes. Elle sera transférée rapidement vers une unité longue durée, à quelques centaines de kilomètres d'ici. Vous n'attendrez qu'un jour ou deux, peut-être même quelques heures, dit l'infirmière. En général, quand le patient s'est porté volontaire, tout va très vite. De retour dans la chambre, elle rassemble dans un sac de sport le peu d'affaires qu'Hélène lui a rapportées de chez elle. Il y a une quantité folle de chaussettes et de T-shirts, seulement trois ou quatre pantalons. Aucun sous-vêtement. Elle n'avait pas osé fouiller dans les tiroirs, pas devant Victor qu'elle connaissait si peu. Se doutait-elle, avant de découvrir les messages que sa mère avait échangés, qu'elle fréquentait quelqu'un ? Hélène la prenait pour une femme sans désir. Après tout, elle souhaitait mourir. Mais Hélène se trompait. Le désir n'est pas toujours une sucrerie. Le téléphone vibre dans sa poche. Allô Maman ? Maman, tu m'entends ? Tous ces Mamans commençaient à lui donner le tournis. Tous ces Mamans, c'était beaucoup de responsabilités. Elle prétexte une mauvaise connexion et raccroche. Nouvelle vibration. C'est Victor cette fois-ci. Au téléphone, sa voix a l'éclat qui manque à la sienne. Il dit ne rien comprendre à sa décision, promet qu'il viendra la chercher, qu'un jour il l'épousera vraiment. Que ce qui ne les tue pas les rend plus fort, qu'on ne perd jamais, qu'on gagne ou qu'on apprend, que son cœur est capable de ré…, elle n'entend pas la suite, l'infirmière tape à la porte. Elle lui annonce avoir trouvé une place dans la navette de midi. Jérémiade doit rassembler ses affaires, d'autres Fragiles attendent déjà dans le hall. Elle récupère son sac et sa brosse à dents sur le rebord du lavabo, puis boutonne sa veste et lace ses chaussures. Le combiné repose toujours sur l'oreiller.

*

On l'accueille en lui tendant un panier de bonbons. Trois autres personnes sont montées en même temps qu'elle. Un homme occupe la place avant, à côté du chauffeur. Assise à la gauche de Jérémiade, une femme au visage osseux et aux yeux petits et clairs garde jalousement son manteau et son sac contre elle. Elle se présente. Géraldine. Quelques rangées de sièges plus loin, un monsieur très âgé pleure doucement. Il réclame son chien. Jérémiade dessine des huit sur la buée de la vitre pour passer le temps. Le trajet risque d'être ralenti par des embouteillages sur l'autoroute, notamment au niveau de certains péages, annonce le conducteur. L'homme assis près de lui se présente à son tour. C'est le responsable-accompagnant. Sa face ronde, inexpressive, a une teinte proche du chorizo. Il se confie longuement sur la façon dont la crise a changé sa vie, raconte qu'il travaillait autrefois dans un restaurant italien. En trois ans, il était passé de serveur à pizzaïolo, et de pizzaïolo à responsable du transfert des suicidants vers les nombreux Pavillons de la Fragilité. Une belle promotion.

Le voyage en bus ressemble à un départ en colonie de vacances de tout petits enfants, à la fois excités et terrorisés de quitter leur famille. Elle a apporté un livre que lui a donné Victor. Un vrai livre pour une fois, pas une boîte de crackers avec des messages dedans. Elle n'y comprend pas grand-chose. Elle essaie pourtant, et pour se motiver, dit quelques passages à voix haute.

Vraisemblablement, l'âme ne peut pas vivre de non-vouloir ; ne pas vouloir quelque chose, cela ne peut suffire à la longue pour remplir une vie ;

ne pas vouloir quelque chose est bien proche de ne plus vouloir du tout — et par la suite de faire tout de même ce qu'une autre volonté impose ; ces deux idées sont trop contiguës pour que l'idée de liberté ne se trouve écrasée entre elles.

Jérémiade secoue la tête mollement. Lire dans les transports lui donne la nausée.

Les échangeurs autoroutiers laissent peu à peu la place aux vaches qui broutent une herbe jaune dans des prairies clairsemées, puis à des champs de tournesols, têtes avachies, semblant attendre le retour de jours meilleurs. Enfin, les premiers bâtiments du Pavillon apparaissent, entourés de grilles métalliques que surplombent d'inquiétantes clôtures barbelées. Le pizzaïolo-accompagnant descend le premier. Il saute à terre avec enthousiasme et leur demande de le suivre. Une personne s'occupera d'aller chercher leurs bagages après le check-in. Les Fragiles pénètrent le hall en grelottant. Dans l'âtre quelques braises se consument. Une odeur de verveine et de pomme de pin s'en échappe. Un chien de chasse, un braque, vient les accueillir en remuant la queue et en montrant les crocs. Un indécis. Jérémiade se sent plutôt à l'aise dans cette version spartiate, mais chaleureuse, d'une maison de repos. Elle sympathise avec le chien, lui envoie une balle invisible qu'il va chercher au bout du hall. Géraldine est beaucoup moins rassurée. Malgré ses traits placides, joviaux, la tempête intérieure ne fait aucun doute. On l'aurait volontiers imaginée entourée de chats, passant ses journées à arroser les plantes, à découper les offres promotionnelles d'un catalogue. Ses parents et son frère s'étaient suicidés, à quelques mois d'intervalle. Contamination, aurait dit Gus. La réalité était plus simple : une peine inconsolable. Les Fragiles poursuivent leur visite. La double rangée de bâtisses, conçues sur le même modèle que le pavillon principal, donne une impression de complexe hôtelier de luxe. Les lumières sont allumées à chaque fenêtre. De la musique classique sort des haut-parleurs. Le chien continue de la suivre joyeusement. On leur sert un bouillon d'accueil avant de leur annoncer qu'ils rencontreront les thérapeutes dès demain. D'autres Fragiles les guideront dans un premier temps, pour les aider à prendre leurs marques. Elle les observe. Ils ont l'air heureux. Re-po-sés. Le programme d'aujourd'hui, leur confient-ils, est comme celui d'hier et comme celui de demain. Pas de surprises. Quelques contraintes. La chambre a besoin d'être nettoyée tous les jours. Il faut aussi se peser, tous les jours. Se brosser les dents, avoir toujours avec soi sa bouteille d'eau distillée. Poser une étiquette avec son nom dessus. S'asperger la figure le matin, avoir les ongles propres et courts. Enfiler un sweat gris, ou blanc, un pantalon bleu en toile, des espadrilles, rien d'extravagant. Enfin, nouer ses cheveux. Jérémiade a été prévoyante. Elle s'est fait une réserve d'embouts en caoutchouc, de liens en latex et d'étuis souples qui feront l'affaire pour remplacer ses indispensables chouchous lorsque le dernier aura craqué. Elle ignore si elle rentrera à nouveau dans un supermarché, dans un salon de coiffure ou dans un bar. Re-po-sée. Elle coince une épingle entre ses dents et ramasse quelques mèches, puis fixe le tout devant un miroir de barbier à côté de la maigre bibliothèque de l'établissement. Il est onze heures moins dix.

*

Ils récupèrent leurs valises. Le pizzaïolo accompagnant les informe de son départ. Il se retourne une dernière fois et leur adresse un salut timide. La double porte se referme. Les flammes du foyer s'éteignent quelques secondes avant de lécher l'âtre à nouveau. Les patients se retirent, marchent à pas feutrés dans un couloir plongé dans la pénombre. Jérémiade se dit que dans le noir, évidemment, il est interminable ce couloir, il est inquiétant ce couloir. Mais elle progressera doucement. Elle apprendra.

« Celui qu'il veut détruire, le dieu le rend fou. »

Euripide, *Les Bacchantes*

Le matin, les oiseaux chantent sous sa fenêtre. Sa vie d'avant ne lui paraît avoir été qu'une imitation ingrate, un filage raté. Elle ne regrette rien de l'époque où elle tentait de masquer la noirceur. Quand chaque jour, elle recousait le même morceau de tissu, son doudou lézardé de souvenirs et de mauvais rêves, rapiécé de partout. Quand elle reniflait inlassablement cette mince étoffe qui lui servait de refuge et d'étouffoir à chagrin. C'était sa vie d'avant et rien d'autre. Elle refuse les visites de Victor, Hélène n'est pas encore venue. Le deuxième trimestre de sa grossesse se déroulait plus mal que prévu. Au cinquième mois, le col de l'utérus montrait des signes de faiblesse, sa tension provoquait des contractions trop fréquentes et précoces à ce stade. Elle regrette de ne pouvoir toucher son ventre arrondi. Elle aimerait savoir à quoi ressemble une grossesse heureuse. La sienne avait été d'une profonde solitude. Une solitude d'enfant à l'heure du coucher, de chaise vide, de papillon dont les heures sont comptées. Ses nuits, enceinte, étaient aussi tristes que ses journées. Vincent partait tôt et rentrait tard. Un soir elle avait préféré l'attendre au bar de l'hôtel juste en bas de chez elle. Le bruit du sous-sol remontait par vagues, et ses voisins riaient fort. Elle s'était levée, titubante, avait descendu quelques marches, s'était laissé guider par le tumulte qu'elle devinait derrière deux portes en acajou. Il y avait une piste de danse, des tables tout autour et des spots multicolores. Elle avait dansé longtemps. Des regards de plus en plus nombreux tombaient sur ses hanches, et elle ne les voyait pas. Elle caressait son ventre arrondi, et les autres pensaient qu'elle se donnait en spectacle. Elle fermait les yeux. Des types affamés crevaient d'envie d'embarquer dans son petit manège. Ils voulaient les lampions, la musique et les figurines en bois qui craquent quand on les touche ; ils s'étaient approchés. Elle continuait d'effleurer ses hanches, et son ventre qu'elle sentait gonfler un peu plus chaque seconde. C'est là qu'elle l'avait sentie pour la première fois. Comme une onde, d'abord, puis bien plus nettement. Un petit mammifère s'agrippait à ses muqueuses et cognait dans ses organes. Devant cette cour malsaine qui admirait sa figure et sa silhouette alourdie, devant ces chiens en chaleur qui complotaient pour se distribuer les meilleurs morceaux, elle s'était effritée comme du plâtre. Hélène avait choisi précisément ce soir-là pour se manifester. Elle avait toqué en pleine ivresse, en plein no woman's land. C'était violent cette petite chose qui se déployait dans ses entrailles. Jérémiade s'était rapprochée d'un type qui semblait plus excité que les autres. Elle voulait sentir d'autres caresses, d'autres mains, d'autres mouvements sur sa peau. Elle voulait le désir froid des hommes de la piste de danse. Elle en voulait des choses, mais de la boxeuse d'entrailles, elle n'en voulait pas. Elle préférait le déni farouche dans cette pièce capitonnée, derrière les deux portes en acajou. Au bout d'un moment, Hélène avait cessé de cogner. Peut-être avait-elle compris que personne ne lui répondrait. Aujourd'hui, elle est prête à écouter, il faut qu'elle écoute. Hélène est devenue une belle jeune femme au tablier trop serré. Capable de vider et de désosser une pintade. Capable de réinventer Maman.

Elle a reçu quelques photos, mais Gus squatte chacune d'entre elles, alors elle a soigneusement découpé son gendre et les a scotchées dans la chambre aux murs lavande qu'elle partage avec Géraldine. Depuis le début, Géraldine la suit comme son ombre. Elle parle très peu. Lorsqu'elle a faim ou soif, et pendant son sommeil. C'est à peu près tout. Chaque matin, Jérémiade quitte la pièce en dernier. Sa coloc est déjà partie. Elle longe des couloirs monochromes, puis entre dans le réfectoire. Il y a vingt-deux tables. Les Fragiles attendent tour à tour qu'une tranche cramée par la salamandre retombe. Disciplinés. Quand l'un arrive, les mieux lunés répondent en faisant un geste discret de la main ou du menton, mais personne ne se parle. Jérémiade n'a pas encore arrêté de dire bonjour. Il paraît que ça vient au bout de quelques mois. Elle regarde ses compagnons. Sa nouvelle famille. Géraldine se lève pour l'accueillir. Ses cuisses musclées sont couvertes de miettes de pain. Elle prend Jérémiade par le bras et la conduit à table, puis remplit une tasse de café fumant et la lui glisse dans les mains sans un sourire. Elles varient parfois, changent de place, s'installent au milieu de la salle, l'une en face de l'autre, ou dans les coins, près des dessertes et des baies vitrées qui donnent sur le jardin. Aujourd'hui, c'est l'une à côté de l'autre, comme dans le bus. Elles regardent les oiseaux qui sautent de branche en branche. Rien d'autre ne bouge dehors. Silence empesé, bruits de déglutition, craquements d'articulations et raclements de gorge. Le midi, rares sont les Fragiles qui font un copieux déjeuner. Un sandwich en chambre suffit à la plupart. Le soir, ils s'installent à 18 heures, chacun devant son plateau. Dessus, leurs couverts aux bouts arrondis, *suicideproof*. Une entrée, un plat. Elle a un faible pour le gratin de pâtes. À la fin du repas, on mord dans un flan ou dans un fruit. Parfois, quelqu'un de l'équipe médicale donne les titres de l'actualité. Si quelque chose sort de l'ordinaire, le réfectoire s'anime timidement puis redevient assez vite la cuisine où brûle le pain de mie du matin. Ça ne dure jamais longtemps. Personne ne s'énerve, personne ne va plus loin que soulager sa tension en travaillant les muscles de ses cuisses où se collent les miettes. On peste contre les mots croisés d'une édition périmée depuis dix ans. On se plaint, un peu, du manque de goût de la nourriture. Pas de violence. Plus de violence en eux. Pas de violence entre eux. Les journées se déroulent comme ça. Jérémiade prend huit comprimés le matin et deux le soir. Son thérapeute attitré développe des comptes-rendus précis des ateliers auxquels elle participe. La plupart du temps, il la décrit comme modérément ennuyée à profondément désintéressée. Le soir, elle relit les mails d'Hélène et de Gus. On lui souhaite un prompt rétablissement, une rencontre amoureuse avec un patient. Elle attend les messages de Victor plus que tous les autres. Son absence réussit à créer en elle un trouble parfaitement étranger à sa nature. Elle rougit lorsqu'elle y pense, et aussi lorsque Géraldine la questionne. C'est agréable. Elle avait depuis toujours le sentiment d'être dépourvue des anneaux qui la reliaient aux autres. Chérir le manque de Victor est un progrès, dit le thérapeute.

*

C'était la première fois qu'on la regardait comme ça. Comme une enfant malade. Avec inquiétude. Avec sa propre mort dans d'autres yeux. Au fil du temps, ils s'étaient rapprochés. Elle lui avait raconté toutes ses tentatives. Dans les moindres détails. Il prenait un ton d'expert pour lui répondre, lui expliquait pourquoi elle avait échoué, la dissuadait de recommencer, mais pas toujours. Il disait qu'elle était une Fragile contrariée, de même qu'il existe des gauchers contrariés. Qu'elle était une chambre en désordre. Le soir, il déposait des cachets qui empêchaient les idées noires sur sa table de nuit. Elle avalait les cachets, mais les cachets n'avalaient pas les idées noires. Alors, il l'emmenait en week-end, ailleurs, dans de jolies capitales, plus chaudes et plus gaies. Ça marchait un temps, et puis ça ne marchait plus. Un jour, dans un hôtel coquet du bord de mer, la démangeaison avait repris. Devant les chaises empilées, alors qu'il longeaient les commerces de bouche de la grande rue. Leur douce agonie en ce début d'automne était comme la répétition de la représentation à venir. Victor ne s'était pas méfié, ils avaient passé la nuit enlacés. Il avait dit Ne bouge pas je reviens. Élan puéril. Aveuglement joyeux. Elle avait attendu que son caban s'éloigne tout au bout de la plage, à des kilomètres de sable d'elle. Elle avait baigné ses mollets blafards dans l'écume légère, puis ses genoux et ses cuisses. Son corps résistait si bien à la morsure du froid. Les mouettes tournoyaient, vautours au-dessus de sa tête, entre les bulles de savon et les cerfs-volants des enfants. Il avait couru si vite qu'il n'arrivait plus à reprendre son souffle. Sa silhouette sombre avait fendu les flots, non sans mal. Sur la plage, les vacanciers montraient du doigt ce grand gaillard avec sa patte folle qui sortait d'entre les vagues pour y disparaître aussitôt. Il aurait pu y laisser sa peau. Il se trouvait si con. Il avait été naïf. Dans ce moment de joie intense qu'il avait cru partager avec elle, sous ces draps froissés rafraîchis par l'odeur du large, il n'avait jamais cessé d'être seul.

Il l'avait portée jusqu'à un endroit sec. Sa petite tête de traître sortait du caban trop grand. Il la détestait. Il la trouvait belle. Quelque chose était né au milieu de toute cette folie. Quelque chose naissait partout où la mort rôdait.

*

Le coup de fil d'Hélène l'a réveillée en sursaut. Ava et Louis sont nés à 5 heures. Elle n'avait pas eu de sensations particulières ni de prémonitions. Elle s'était couchée en travers du lit, avec ses pieds qui dépassent, avait rêvé d'orages, de chute et de Victor. L'habitude. Géraldine lui demande ce que ça lui fait d'être grand-mère si jeune. Ça ne lui fait rien.

*

Hélène se plaint beaucoup de Gus, elle dit qu'il n'est que reproches à son égard. Il la trouve molle, obsédée par la maternité. Il lui reproche de ne sortir de sous les couvertures que pour prendre l'air, comme un lamantin, avant de replonger sous l'édredon. Il ne supporte pas que les petits soient accrochés à ses seins. Il dit À cause deux j'ai jamais accès à ma femme, ces nourrissons, on dirait deux videurs de boîte. Hélène sent qu'il la hait parce qu'elle essaie de bien faire. D'être une bonnemère. Elle dit que ça crève les yeux. Qu'il n'en a rien à foutre.

Qu'il passe son congé paternité à ratisser les sites pornos. Quand elle rentre de promenade avec sa poussette biplace, elle le surprend en train de se branler, le portable brûlant sur les jambes, pantalon baissé. Au début il sursautait et se rhabillait en vitesse, rouge et confus. Maintenant, il termine sa petite affaire devant elle, tranquillement, puis s'enferme dans son bureau jusqu'à la fin de la journée. Le reste d'attachement minable qu'il éprouve pour elle la rend folle, mais la personne qu'elle hait le plus, c'est elle. Parce qu'elle ne part pas. Parce qu'elle accepte d'être traitée comme une figure maternelle impropre à la consommation. Impropre au désir. Un meuble à roulettes. Parce qu'elle accepte de rester sa femme. Elle pleure beaucoup au téléphone et se dit déprimée. Elle dit que Gus voit ses plaintes, ses larmes, sa mélancolie d'un très mauvais œil. Elle a peur qu'il la dénonce pour Fragilité. Il m'a poussée à appeler les services sociaux pour toi, lui a-t-elle avoué, il pourrait en faire autant avec moi. La mort de son père la tourmente depuis la naissance des petits. Elle se demande si son fils lui ressemblera, puis dit que ça n'a aucune importance. Elle ne se souvient pas de son visage. Uniquement de sa voix. Vincent est mort d'une chute accidentelle lors d'un voyage d'affaires à New York, dans l'une de ces caves à ciel ouvert qui jouxtent les restaurants de la ville. Au téléphone, la police avait dit que la pluie battante avait joué un rôle. On n'y voyait pas à deux mètres et Vincent avait probablement glissé. Jérémiade s'était évanouie. À son réveil, Hélène était assise sur son ventre. Elle jouait avec le combiné, disait Allô Allô c'est qui, et triturait les boutons de son chemisier.

La mort lui avait enlevé son mari avec des manières de sale gosse. De cancre. C'était forcément une erreur, une mauvaise blague. La mort ne pouvait pas avoir autant bâclé son travail. En plus de faire sa basse besogne, elle lui avait tiré la langue et collé des chewing-gums dans les cheveux. Plus de mari, plus de meilleur ami. Plus rien. À cause d'un trou. Elle ne cessait de dessiner ce trou sur des papiers, des carnets de croquis et même sur les murs. Elle peignait des trous noirs au diamètre variable sur ses projets. Elle avait pris l'habitude de se rendre dans l'un des nombreux magasins de pompes funèbres de son quartier. C'était là que le réconfort lui avait paru le plus grand. Elle amenait Hélène, qui jouait avec des urnes converties en vide-poches. Elle attendait patiemment son tour, regardait les familles endeuillées qui se succédaient, puis devant le conseiller funéraire, elle racontait à chaque fois une histoire différente. Vincent avait péri dans un attentat. Un accident d'avion. Écrasé sous un camion. Étouffé avec un morceau de saucisson. Il était mort d'un cancer foudroyant, d'un AVC, du diabète, de la maladie de Lyme, d'un lupus. Vincent. Le type aux mille morts et une seule vie. Ça la soulageait de rejouer sa disparition ailleurs et autrement. Elle aimait raconter comment elle avait recueilli ses confidences, au dernier moment, pleines d'amour pour ses proches. S'approprier sa mort. Cinq fois. Dix fois. Cent fois. À chaque fois elle y croyait un peu plus. Elle cicatrisait au milieu des *À ma regrettée tantine* et des *Repose en paix*, entre les fleurs en porcelaine en promo et les noms d'inconnus gravés sur d'autres marbres que celui de sa propre douleur. Semaine après semaine, les conseillers la reconnaissaient, on l'accueillait avec un mot aimable, on lui parlait comme à une bulle de savon. On était gentil. Ailleurs et autrement.

*

Elle occupe ses journées à faire des mots fléchés. Ou rien du tout. Elle a fini par cultiver une amnésie de confort qui la coupe peu à peu du monde et d'elle-même. Elle se comporte comme une enfant sous Ritaline, qui sait jouer, sauter, rire et danser, mais n'en a plus envie. Il lui semble que la Fragilité est toujours là, tapie dans chaque plateau-repas, calfeutrée dans les tiroirs qu'elle ouvre le matin, cachée dans chaque comprimé qu'elle avale. Elle est chaque promenade, chaque verre d'eau bu d'une traite, chaque pas dans le couloir qui la conduit à ses séances thérapeutiques. Chaque coup de brosse qu'elle passe dans ses cheveux. Depuis quelques semaines, une foule en colère campe devant le portail. Les manifestants dénoncent le traitement de faveur dont bénéficieraient les Fragiles, en particulier ceux qui vivent dans des pavillons qu'ils comparent à des clubs de vacances coûteux et inutiles. Les Fragiles se reposeraient aux frais de la princesse alors qu'eux tremblent nuit et jour, minés par la crainte d'être contaminés. Les Fragiles feraient peur aux enfants, au bétail, empêcheraient les récoltes, assécheraient les sols. L'aurore ne pourrait plus grignoter la nuit.

*

Les yeux vides, elle raconte plein de choses à son thérapeute. Elle pleurait quand elle s'ennuyait, Maman, alors que moi, l'ennui, ça me rend très heureuse. Papa était très patient, toujours. C'était un homme discret, il aimait les documentaires, il s'endormait devant, il aimait vraiment beaucoup beaucoup s'ennuyer, avec ou sans Maman dans les pattes. Je lui ressemble, je crois. J'ai toujours aimé me faire chier. Parfois c'est encombrant d'avoir des parents. J'aimais Papa. Il me disait de m'asseoir et de le regarder regarder des documentaires, et j'obéissais. Avec Maman, je me relevais tout de suite. Je trépignais. Je prétextais une envie de faire pipi, une envie de me moucher ou une crise d'asthme et je fonçais aux toilettes. Assise sur la cuvette, je pensais à sa coupe de cheveux en forme d'entonnoir. Maman était toujours très mal coiffée. Je n'aimais pas qu'elle vienne me chercher à l'école. Elle était mal maquillée aussi. Rien n'allait. Je ne fermais jamais totalement la porte des toilettes. Quand mes oncles venaient dîner, le couloir était secoué d'ombres, comme ça, qui déambulaient. Je déteste les couloirs, les corridors, les tunnels. Je les déteste. J'ai l'impression d'être avalée avec mon consentement. Sur l'étagère de l'entrée, je pouvais voir les angelots de cristal que Papa offrait à Maman à chaque fête des Mères. Je me souviens aussi qu'il y avait des paquets de mouchoirs, une peluche, un bracelet, un éclat de quartz et un porte-bougie en piteux état. J'apercevais aussi un bout de ma grand-mère qui se balançait mollement dans un vieux fauteuil, la truffe humide de son chat sur ses pieds couverts d'œdèmes.

Le psychologue écoute avec attention les mensonges de Jérémiade. Il dit On progresse, on progresse. Il dit aussi Je sais ce que vous traversez. C'est dur de remonter le temps et d'affrontersesdémons. Il faut imaginer votre cerveau comme un terrain en friche pour pouvoir tout reconstruire. Il le faut. Elle ferme les yeux. Elle essaie, elle le jure, mais tout ce qu'elle voit, c'est un type qui porte une blouse pas très propre. Elle voit aussi le yucca au fond de la pièce. Il n'y a pas de grand plongeon dans les marais putrides de sa mémoire. Elle n'y arrive pas. Ce qu'elle arrache au néant, ce sont des souvenirs vagues et tièdes où parfois elle n'apparaît même pas. Des souvenirs ni vraiment heureux, ni vraiment malheureux. Le psy veut des détails qui trempent dans le sang, les larmes, la terreur, le dégoût et la joie. Il n'aura rien. Dans sa mémoire, il n'y a que des lundis plats, des goûters redondants, des chemins parcourus mille fois et des parents tellement interchangeables avec ceux de ses amies qu'elle n'est même pas certaine de se souvenir les bons. C'est curieux les gens qui n'ont pas de mémoire. Ils sont sûrs d'avoir aimé et vécu, ils y étaient, ils ont tout vu, mais tout est flou. Des témoins dont aucun tribunal ne voudrait. Zéro fiabilité. Il n'y a que sur l'instant présent qu'ils peuvent compter. Les anniversaires, les confessions, les trahisons et les disputes, les coups de foudre et les rapports sexuels, rien ne s'imprime pour toujours. Ne reste qu'un vague sentiment de déjà vu, un film qui en écrase un autre sur une VHS, *Ma vie* écrit grossièrement au marqueur noir sur la tranche. Quelle importance ? Elle a fini par croire que ces échanges avec le psy ne valent que pour lui. Comme un orpailleur devant son tamis, il fait le tri. Il obtient un peu de matière, de la chair et de l'os, quelques secrets. Il est si content qu'il confond son enthousiasme et le soulagement de son patient. Il dit Vous avez des blocages c'est normal. Vous savez l'hypnothérapie donne d'excellents résultats. Les massages aussi. Très efficaces, les massages, pour se laisser aller. Un bon massage absorbe les énergies négatives. Un bon massage est un bon message. Il y a toujours un moment où ces séances la mettent mal à l'aise. Elle ne supporte pas la tension érotique qu'il fait planer. Elle détourne les yeux, préfère fixer le yucca qui agonise dans son pot minuscule. Elle lui promet de réfléchir aux massages, aux messages et à tout le reste, et prend congé.

*

Géraldine l'attend dans le couloir. Elle est agitée, parle d'une rencontre qui la rend bizarre. Une femme arrivée il y a quelques mois. Jérémiade ignore de qui elle parle, mais Géraldine refuse de lui en dire plus. Elle triture nerveusement sa manche, mange le col de son T-shirt. Jérémiade la fait asseoir, lui demande de respirer profondément, de lui raconter toute l'histoire. Il ne s'est rien passé, dit Géraldine.

Elles n'ont partagé qu'une rose en origami. Un cadeau de la jeune femme que Géraldine trimballe partout. Jérémiade comprend ce qui ne va pas. La rose ne va pas. Cette rose n'est pas un objet de séduction, elle n'incarne rien d'érotique ou de fusionnel, rien qui ressemble au désir, encore moins aux débuts d'une histoire. Cette rose, c'est le prélude et la fin d'une parade amoureuse à jamais platonique. Un cadeau de merde. Jérémiade ne veut rien abîmer alors elle se tait et console.

Ailleurs, les deux femmes auraient fait l'amour après avoir regardé un vieux film et cuisiné des lasagnes, du gigot d'agneau, des pommes de terre fondantes, des huîtres, du chocolat ; après avoir trop mangé et trop bu. Après avoir fait semblant d'avoir les mêmes envies et cherché le fin cordon qui pouvait les unir. Avant, elles auraient souffert, c'est probable. Ici, le vide et le silence écrasaient les murs, la nourriture n'avait aucun goût. Le plaisir était moyen, la douleur aussi. Toute cette fadeur déteignait sur les couleurs vives de l'excitation, sur les formes électrisantes de la vie. Elle pense, Elle ferait mieux d'oublier comment c'était, avant. Avant était une plaie et l'avait toujours été.

*

Victor, tu me manques. Mes journées se partagent entre séances d'hydrothérapie, promenades en peignoir et claquettes blanches dans le grand parc, foulant une herbe parfaitement tondue, admirant les parterres de jacinthes et de pensées au garde-à-vous, accompagnée d'une armée de psychologues à pipe et veston. Ils attendent patiemment qu'une petite Jérémiade toute neuve et pleine de force vitale, nichée au fond de la Jérémiade éreintée, se libère et prenne son envol. Les jumeaux grandissent. Je suis grand-mère, Victor. C'est parfois dur à réaliser. Je rêve de ton visage, de ton regard, de revivre le petit miracle de voir tout ce bleu sortir de tes cils noirs en pagaille. Je pourrais te raconter mes après-midi théâtre ou peinture, mes longues promenades solitaires, mais c'est ennuyeux. Parfois, les pompes funèbres emmènent un corps. Parfois, c'est le camion de l'épicerie ambulante qui nous réveille aux aurores. Ces jours-là, j'en profite pour observer le ciel. La lune n'est pas couchée, ses rayons rajeunissent de quelques années les lotissements du parc. À son contact, le béton s'adoucit, les frontières se font plus floues, tandis que les nuages prennent des teintes de tequila sunrise. Mais, il y a l'entassement des patients. Ça gâche tout. À présent, nous sommes cinq dans la même chambre. Géraldine est discrète, mais les trois nouvelles, c'est l'inverse. Leurs discussions m'assomment. Leurs problèmes de peau, le programme télé, le remariage d'une actrice connue, ça ne s'arrête jamais. J'ai essayé deux ou trois fois, moi aussi, mais le plus souvent, ce que je raconte déplaît. Il paraît que je suis soupe au lait. L'une d'elles, Magali, a débarqué ici après une rupture. Elle dit des grossièretés toute la journée avec une voix douce et calme, insulte son ex et sa « pouffiasse avec son cul rutilant qu'elle noie sous le monoï comme on engraisse un chapon ». Elle a voulu s'immoler par le feu à l'aéroport, devant eux, alors qu'ils partaient en vacances au soleil. Une des nouvelles a réagi en disant Le suicide, ça doit rester personnel. Elle s'appelle Catherine. Elle est insomniaque. Elle arpente la pièce en long et en large toutes les nuits. Elle nous décrit les visions qu'elle a, des images d'enfance gâchée qui remontent péniblement à la surface. De grosses bulles d'air emprisonnées dans une soupe épaisse. C'est à ces souvenirs affreux qu'elle doit ses pires cauchemars, c'est pour ça qu'elle ne dort plus. La dernière arrivée est une maniaque du ménage. Pire que moi, oui. Parfois, elle décide de balayer le dortoir tout entier, pas seulement notre chambre. Les lits sont retournés comme à l'armée, les matelas secoués, elle fait tout cela très calmement, et nous toutes, on se regarde, impuissantes. Elle dit qu'elle refuse de vivre dans une porcherie, qu'on la remerciera plus tard. Je ne sais pas à quoi elle fait référence. À quel avenir ? Toi, tu n'en parlais pas si mal de l'avenir. Tu sais que je suis malheureuse loin de toi. Non, tu n'en sais rien. Pour ça, il faudrait que je poste toutes les lettres que je t'écris.

*

L'horizon est tartiné de nuages violets et filandreux. Dans le jardin, elle a aperçu Géraldine en pyjama qui traversait le carré de pelouse défoncé par les taupes, entre les parties communes des Fragiles et les bungalows décrépits où vivent les médecins et les infirmiers. Depuis, elle court pour la rejoindre. Elle s'inquiète de son air hagard et de son pyjama. Il est encore trop tôt ou trop tard pour porter un pyjama. Jérémiade s'essouffle vite. Géraldine fonce tout droit en direction des grilles. Arrivée au bout, elle s'effondre. Les panneaux publicitaires plantés sur le bord de la nationale déserte réfléchissent les derniers rayons. Tendus vers le ciel, entièrement recouverts de sang, deux avant-bras dépassent de l'herbe grasse comme deux jeunes troncs de cerisier.

*

L'air dans le couloir est glacé et les fenêtres qui donnent sur le parc montrent un paysage désolé. Tout ici a pris la teinte de l'hiver. Le bureau du directeur n'est qu'à quelques mètres. Sur son paillasson, il y a écrit *you, again ?*

Il s'excuse, il doit d'abord nourrir ses poissons qui mangent à heure fixe. Elle patiente. Il n'y a aucun siège dans le bureau à part le sien. Tant pis. Elle patientera debout. Des mèches éparses, mousseuses et sans densité retombent comme une moustiquaire sur ses lunettes rectangulaires. Il a des manières de gentleman. Une certaine grâce dans sa façon de marcher. Il décrépit avec distinction. Elle l'observe répandre des paillettes alimentaires dans l'aquarium. Combien de spécimens pouvait renfermer un récipient de cette taille, combien de litres d'eau ? Il dit Ah ! Voilà mes petits Guppys. Cachés dans la grotte, comme toujours. Les poissons sont des êtres prévisibles, mais attachants, vous savez. Exactement le contraire des humains. Jérémiade fait oui de la tête. Il dit aussi Les animaux ne se suicident pas, puis caresse son chien, prostré à ses côtés. Elle le voit souvent gambader dans le jardin. Pisser sur les bégonias ou se rouler dans le romarin, souvent au grand dam du jardinier qui le poursuit avec sa fourche. Elle dit Je crois avoir fait mon temps ici. Je souhaite partir le plus vite possible. Après un moment de silence, il plonge son doigt dans l'aquarium. Le geste crée un minuscule tourbillon qui suffit à provoquer la curiosité chez les poissons. Il dit Ce que vous ressentez depuis la mort de Géraldine est une manifestation d'empathie totalement normale. Tout rentrera dans l'ordre dans quelque temps. Il lui propose de changer de chambre. Elle répond Ce n'est pas à cause de Géraldine. C'est le bon moment pour moi, je le sens. Il la regarde à présent fixement. De sa voix douce et chaleureuse, il lui explique qu'elle n'est pas guérie, qu'elle n'a pas vraiment envie de partir. Il dit Vous craignez que cela trouble votre guérison. C'est compréhensible. Une telle chose n'aurait jamais dû se produire sous vos yeux. Elle lui dit que dedans n'est qu'un dehors avec une cantine dégueulasse. Que les bruits et la cohabitation forcée la bouffent. Que la Fragilité est décidément la plus forte. Qu'elle ne la quittera jamais, mais qu'elle est prête à vivre avec. Vous avez conscience de ce que vous demandez ? fait le directeur comme si c'était sa propre vie qu'elle mettait en danger. Vous êtes ici depuis des mois. Vous n'imaginez pas à quoi ressemble la vie au-dehors pour une Fragile. Les patriotes du Vivant, tout le monde qui suspecte tout le monde. Ça n'a rien de réjouissant. Elle répond Ça m'est égal, je dois partir. Je suis grand-mère, j'ai besoin de voir mes petits-enfants, de voir ma fille et mon compagnon. Ils m'attendent. Le directeur incline son fauteuil qu'il peut contrôler à l'aide d'une télécommande. La lumière blafarde de l'écran creuse ses traits. Il dit J'ai regardé le registre des visites. Personne n'est venu. Un courant d'air, puis deux, puis trois. Le froid s'installe dans sa poitrine. Les portes claquent et giflent ses organes. Il dit Vous êtes toute pâle, asseyez-vous. Mais il n'y a aucun endroit où s'asseoir. Son fauteuil continue de vibrer et de se redresser à la verticale. Ils ne sont qu'à quelques mètres l'un de l'autre, dans la pénombre, avec le glouglou de la machine à oxygéner l'aquarium et les ronflements du chien en bruit de fond. Il dit Vous êtes sûre de vous ? Et elle, presque en hurlant, Oui. Il explique que si elle tient à quitter le Pavillon, il y a des programmes de réinsertion qui pourraient lui convenir. Il faudra démontrer sa bonne volonté. Je regrette, poursuit-il, mais on ne peut pas vous laisser partir sans sécuriser votre parcours. Un sourire inonde le visage de Jérémiade. Tout ce que vous voudrez, dit-elle, soulagée d'entendre qu'une sortie est possible. Il lui explique que de plus en plus de gens considèrent que l'on dépense trop pour trop peu de résultats. Que l'État les délaisse. Que si elle veut son avis de vieux médecin ringard, sa place est ici, car elle est sa patiente. Elle dit Vous êtes très gentil, mais ce n'est pas ce que je veux. Je préfère être un peu plus libre et un peu moins en sécurité. Il répond Alors il faudra accepter de rentrer dans l'un de ces protocoles. Jérémiade en avait vaguement entendu parler, mais les nouvelles n'arrivaient ici qu'au compte-gouttes. Les petits Guppys s'agitent dans l'aquarium. Certains se battent pour les paillettes alimentaires. Certains se cognent contre la vitre. D'autres se cachent derrière les algues.

Le directeur lui tend un papier froissé.

Fragilité & Réinsertion a pour mission d'œuvrer à la réconciliation des Fragiles et de la population. La mission de Fragilité & Réinsertion est d'apaiser les tensions qui vandalisent le pays. Fragilité & Réinsertion est une entreprise associative (Structure d'Insertion par l'Activité Économique et Bénévole) appartenant au secteur de l'économie sociale et solidaire. Elle intervient sur l'ensemble du pays depuis bientôt un an, et a pour mission l'insertion socioprofessionnelle de personnes atteintes de Fragilité, éloignées de l'emploi ou d'une activité structurante, au sein d'une activité qui profite à tous. De ce fait, elle participe à l'équilibre social du territoire. Pour ce faire, l'association place les Fragiles en situation de production au travers des différentes activités proposées par la structure. Une approche globale est mise en place afin de réinscrire ou d'inscrire le Fragile dans une dynamique positive et d'amorcer une guérison. Elle permet de reprendre confiance, d'acquérir des compétences nouvelles, et surtout de valoriser ces mêmes compétences aux yeux de la communauté nationale. D'ici l'année prochaine, Fragilité & Réinsertion aura accompagné près de huit mille Fragiles pour un apaisement retrouvé. Fragilité & Réinsertion a toujours eu pour ambition d'être un apporteur de contributions raisonnées, soucieux du bien commun. L'association est reconnue d'utilité publique.

Le vent s'est engouffré dans la pièce. Le directeur frissonne. Elle ne sent rien. Elle dit Je veux bien essayer. Peut-être qu'on n'a pas vraiment le choix au fond, soupire-t-il. Vous devez avoir une utilité, sinon les choses tourneront encore plus mal. S'il avait pu scruter l'intérieur de ses propres narines, s'il avait pu se promener dans ses fibres, ses muscles et ses nerfs, jusqu'au fin fond de sa cervelle, le directeur n'aurait vu que des promesses non tenues. Il a rangé ses papiers dans une chemise noire. Elle regarde les pissenlits fatigués. Au loin, les nuages empilés dans le ciel n'annoncent rien de bon. La journée finira par un rapatriement sous le préau, ou dans le gymnase, et les rares Fragiles qui circulent dans le parc semblent tout aussi résignés.

« L'immortelle n'a pas d'odeur. »

André Gide, *Les Nouvelles Nourritures*

La maigreur de Victor l'a frappée. Son teint d'endive oubliée au fond du frigo aussi. Ils se sont embrassés comme si elle rentrait des courses ou du travail. Un jour comme un autre. Elle a posé son sac à l'endroit même où elle le pose depuis six ans. Elle a accroché sa veste au cintre en râlant à cause du manque de place dans la penderie. En quelques gestes simples, elle avait effacé des mois de séparation. Il doit rester du vin blanc, dit Victor. Ils se dirigent vers la cuisine. Il se colle à ses hanches, lui lèche la nuque pendant qu'elle attrape deux verres sur le comptoir.

Elle s'assied et l'embrasse. Ses baisers profonds ont un goût de caramel trop cuit qui lui plaît.

*

Victor a tout organisé malgré son refus obstiné de quitter la ville (elle devait être prête à tout moment à partir en mission pour Fragilité & Réinsertion), mais s'est finalement laissé convaincre par la promesse de quelques jours seule avec lui.

*

Ici, les murs transpirent et le ciel est rose. Il n'y a pas de vent, pas même une légère brise. De sa chambre, la mer est si transparente qu'elle peut voir les gros poissons se disputer les restes des petits. Victor aime ne rien faire, regarder les nuages fondre quand la nuit tombe, compter les cabines des gros immeubles flottants qui accostent quatre jours par semaine au port. Il aime voir les maillots qui sèchent sur les balcons ridiculement petits, les grosses dames vêtues de leur peignoir faire coucou aux gens de l'hôtel d'en face. Aujourd'hui, c'est elle qui leur fait coucou, qui agite la main pour leur souhaiter bon voyage. Victor les trouve affreux, ces bateaux de croisière, mais elle n'est pas d'accord. Leur proue effilée contraste avec l'aspect compact et rectangulaire du reste de la bâtisse. Elle trouve qu'ils ont une certaine allure même s'ils sont laids, comme ces types dont la carrure impressionnante finit par séduire malgré la grossièreté des traits. Au bout du quai, la procession des retardataires est accueillie par l'équipage en habit de gala qui applaudit sans raison. Un air de calypso s'échappe des haut-parleurs. Des vacanciers esquissent un pas de danse avant d'éponger leur front dégoulinant avec une serviette glacée qu'on leur tend. Tout en haut, pont 17, d'immenses toboggans font des nœuds dans le ciel. Elle voit la silhouette de crapaud des enfants qui les dévalent en hurlant. Elle songe à Ava et Louis. Elle s'ennuie.

*

Une panne d'électricité plonge la station de métro dans le noir. Elle avance à tâtons. Ses mains cherchent appui sur la surface carrelée des murs. Elle répugne à monter ou à descendre les marches sans savoir où elle va. Elle s'accroche à son sac, à sa texture familière, en attendant que les générateurs se remettent en marche. Sa première rencontre avec Fragilité & Réinsertion l'avait impressionnée. En particulier le professeur Diluet.

Elle n'aime ni le noir, ni la nuit. La nuit, c'est pour les hiboux, les vampires et les drive-in. Enfant, elle dormait la porte entrouverte et ses parents compréhensifs laissaient la lumière du couloir allumée. En pension tout avait changé. Les veilleuses étaient interdites. Le dortoir ressemblait de jour comme de nuit à une chambre froide. Les enfants n'avaient le droit d'écouter ni musique ni radio. Rire à une heure tardive attirait obligatoirement les foudres des surveillantes.

Leur sens du devoir semblait n'être motivé que par une seule obsession : essayer par tous les moyens de repousser dans l'obscurité une enfance déjà prise dans les rets de la puberté. Chaque soir, Jérémiade cachait sa lampe de poche sous l'oreiller et regardait le mince filet de lumière rougir le bout de ses mains. Le plus souvent, elle restait éveillée en attendant le lever du jour et ses couleurs rassurantes.

Les néons se rallument. Elle tend un billet à la vendeuse. Pas de monnaie, pas de ticket, répond la vendeuse en grimaçant. La pile de sudokus qui s'amoncelle près de ses doigts boudinés tremble au passage du métro. Jérémiade se précipite derrière un type qui traîne trois ou quatre sacs de courses, se colle à lui et passe sans payer. Les phares du premier wagon apparaissent au fond du tunnel. Ils sont nombreux à vouloir emprunter la rame, on se bouscule sur le quai. Elle touche son corps à travers ses vêtements. Elle pense, C'est donc ça la chair à canon. Elle avait vu Diluet trois fois depuis son retour. Son association avait plus d'adhérents que n'importe quelle autre. Il disait que c'est parce qu'il diversifiait les activités et les rendait plus attirantes ; plus magnétiques. Il voulait que le monde voie les Fragiles comme des héros. Jérémiade regarde tout autour d'elle. Le monde en question attend fébrilement l'ouverture automatique des portes et c'est tout. Elle réussit à se faufiler à travers la foule et même à trouver une place assise. Diluet faisait plus que son âge. Sa face avait le relief tavelé d'une pièce de monnaie qu'on vient de déterrer. Il promettait beaucoup. Il lui promettait que ce n'était que le début de l'aventure. Qu'elle découvrirait des paysages d'un genre nouveau, ferait des rencontres d'un genre nouveau, acquerrait des compétences d'un genre nouveau. Elle y croit. Aucune association qui s'occupait des Fragiles n'allait aussi loin que Fragilité & Réinsertion. On leur demandait de passer dix jours à ramasser des feuilles mortes dans les jardins publics, ce type de choses. Les mêmes travaux d'intérêt général qu'on demande aux prisonniers. Mais Diluet allait beaucoup plus loin. Il appelait ça, les E.P.U. Les expériences philanthropiques ultimes. Selon lui, Jérémiade était faite pour ces engagements-là. Après le premier entretien, ils s'étaient baladés. Diluet gonflait ses pectoraux inexistants. Sa démarche était fière et conquérante malgré le pantalon qui tombait en accordéon sur les chaussures. Il était sûr d'atteindre l'objectif qu'il s'était fixé. Devenir aux yeux du pays la courroie de transmission idéale. Un pont solidement arrimé entre les Fragiles et les Vivants. Ni vassal ni traître. Diluet, tout simplement. Diluet, c'était des fantasmes de réussite en pagaille. Une ambition hors norme. Quand il parlait de son métier, il évoquait la richesse de l'expérience, l'aventure humaine et la beauté du sacrifice. Il avait l'air d'un employé des pompes funèbres qui décrit la plénitude parfumée du cercueil en bois de cèdre en omettant l'odeur des corps en putréfaction. Elle était repartie heureuse et motivée. Elle voulait la réconciliation. Avec Victor, Hélène, et même avec Gus. Le métro s'arrête. Encore cinq stations. L'enfant assis à côté d'elle fait des bulles sous le regard attendri de sa mère. La rame se vide et se remplit. Elle se serre un peu plus sur la banquette. Un type aux joues grêlées lui sourit. Diluet avait le même air possédé. Le programme qu'il avait mis en place l'habitait entièrement. Il disait Je veux tordre le cou au nihilisme. Ses monologues duraient longtemps. Il était parcouru de visions et d'intuitions. Parfois, il se murait dans le silence, les paumes jointes, les jambes en tailleur et la bouche en O. Il ressemblait à Hyottoko, le souffleur d'eau aux joues rondes du théâtre japonais.

Des passagers à la mine plombée remplacent d'autres passagers à la mine plombée. Elle pense, les Fragiles déteignent sur tout le monde, c'est Gus qui a raison. Au moins elle *fait quelque chose*. Le métro freine brutalement. L'enfant s'affale sur Jérémiade, sa mère s'excuse du bout des lèvres. Arrivée à destination, le flot des voyageurs l'emporte et l'abandonne sur le quai. Elle reste longtemps comme ça, dans les courants d'air et la pénombre qui profite aux rats derrière les distributeurs de friandises.

*

Le loft avec rooftop avait considérablement changé depuis la naissance des jumeaux. Hélène voulait que l'appartement ait l'air plus familial. Elle avait sacrifié une partie de sa chambre pour faire un coin jeux, supprimé le bureau de Gus pour agrandir la salle de bains. Aux modifications de son quotidien devaient correspondre des métrages supplémentaires, des pièces réhabilitées et une nouvelle peinture sur les murs. *Fenouil éteint*, un vert très pâle, donnait au salon des allures de jardin d'hiver.

Les enfants dorment paisiblement dans des couffins blancs, à côté du canapé. Jérémiade est venue les bras pleins de cadeaux. Elle a pris des couleurs depuis les vacances, elle se sent bien. Elle caresse le fin duvet blond au sommet de leurs crâne et leur cou de tortues. Elle pleure lorsqu'ils s'endorment. Elle pleure quand ils se réveillent. Elle ne cesse de remercier sa fille de lui avoir pardonné sa fuite du Pavillon de la

Fragilité. L'odeur de violette avec laquelle Hélène parfume les draps des berceaux la trouble. Elle faisait la même chose, mais ne se souvient pas de lui avoir dit. Louis étire ses bras et ses jambes, il remue sa bouche minuscule comme s'il suçait une tétine imaginaire. Le corps dodu de sa sœur, noyé dans un *babygros* décoré de moutons qui sautent au-dessus des nuages est tendre, indolent, et ses joues rosissent de plaisir quand elle rêve. Elle leur chuchote, Grand-mère vous aime très fort. Eux ne craignent pas ses confidences.

Les yeux d'Hélène sur Jérémiade. Elle a peur, ça se voit. Laisser Jérémiade s'occuper de ses bébés, les toucher, les changer, coller sa peau malade de vivre contre la leur la terrifie. Le monde est comme Hélène, il s'épuise à redouter la contagion. Diluet dit que c'est impossible, irrationnel. Que la nature n'est pas faite ainsi. Que les gens sont bien trop flemmards pour être angoissés tout le temps. Qu'ils préfèrent l'insouciance et la bêtise. Elle est d'accord. On n'imagine pas l'organisation interne que ça demande. L'angoisse, la tristesse, la mélancolie permanentes. Il faut du carburant pour entretenir tout ça. Une énergie folle. Il faut être sur le qui-vive. S'économiser sur le reste. Peser l'intérêt de chaque rencontre. Mesurer la nécessité de chaque geste. Une simple promenade au square éreinte durablement. La petite vieille qui donne à manger aux pigeons, le banc que l'on partage à midi avec l'employé de banque. La coupelle sale sous la tasse à café que l'on vient de saisir. Tout raconte quelque chose. Tout hurle aux oreilles. Fuis. Cache-toi. Pleure. Tremble. Il faut penser à tout. Tout le temps. On finit dévoré.

*

Au Pavillon, on lui demandait souvent de visualiser son malaise, d'interpréter les tout premiers signes de détresse, juste avant le passage à l'acte. Son thérapeute appelait ça le sémaphore de la pulsion suicidaire. Jérémiade peut facilement décrire ce moment où tout déraille. Elle l'a tant vécu. Elle voit une chambre plongée dans le noir, comme pendant un orage qui oblige à allumer les lumières en plein après-midi. Elle a envie de regarder par la fenêtre, d'échapper à l'obscurité, mais dehors, il fait encore plus sombre. Elle revient sur ses pas. Tout sent mauvais. Ses mains, ses cheveux, ses fringues. Elle sent la viande faisandée. Elle se déshabille. C'est encore pire. Elle prend une place folle toute nue. La nausée s'installe. Un serpent remonte dans sa gorge. Au même moment, ses pensées forment les quatre coins d'un monde où elle n'existe pas. Un boulevard mort. Une rangée d'arbres familière. Un numéro sur une porte. Un autre nom sur sa boîte aux lettres. Elle n'est plus là. L'anomalie devient le monde bien réel, où elle se penche à la fenêtre. Il n'y a ni monstres ni portes de l'enfer. Pas de tunnel blanc. Juste l'illusion parfaite d'un monde où l'on n'existe pas.

*

Elle dispose d'une carte, d'un GPS, de deux rations de glucides et d'une gourde. Transportée en hélicoptère jusqu'au point de rendez-vous, puis, dans le fracas des pales qui remuaient la poudreuse, avec la boue glacée qui engorgeait ses chaussures, au milieu des autres Fragiles, elle a entendu dire, Servez-vous de votre kit et des téléphones satellites si par bonheur vous détectez quelque chose. Suivez les traces laissées par les précédentes équipes. Ne vous perdez pas. On ne pourra pas forcément se lancer à votre recherche.

Sept skieurs avaient disparu dans l'avalanche. Six adultes. Un enfant. Les secours avaient retrouvé une seule personne, une femme blessée mais vivante. Les autorités locales avaient choisi Fragilité & Réinsertion pour enrôler des Fragiles bénévoles dans cette battue nocturne à plus de 3 000 mètres, afin d'augmenter les chances de récupérer les skieurs malheureux. Dans le chalet transformé en poste de sécurité, des secouristes assis par terre, la tête entre leurs mains, gagnaient quelques minutes de repos. Ils étaient fourbus et sans espoir après huit heures de recherche. Un peu surpris de voir débarquer ces amateurs, mais soulagés d'avoir un peu d'aide. Le briefing avait été expédié en vingt minutes. Étaient-ils familiers de l'univers de la montagne ? En connaissaient-ils ses dangers ? Jérémiade en connaissait surtout ses plaisirs. La montagne, c'était l'écume solide qui perçait entre les nuages et qu'elle admirait chaque fois qu'elle prenait l'avion. C'était le toboggan sur lequel elle glissait en doudoune fluorescente quand elle était petite. Avec ses camarades, ils malaxaient sa chair pour fabriquer des bonshommes avec de gros pifs orange et des vieux boutons. Ils la salissaient, y laissaient leurs empreintes, espéraient les retrouver le lendemain, après le chocolat chaud. Ils recommençaient tous les jours. Recommencer décuplait le plaisir. Plus grande, elle chaussait ses skis, dévalait les pentes, le vent lui cisaillait le visage et les flocons la faisaient grelotter. Oui, elle connaissait la montagne. Quand la neige tombait, elle lui tirait la langue. C'était froid et doux. Soyeux sur ses lèvres et glacé dans sa gorge. À vingt ans, elle randonnait avec Vincent. Pour leur première excursion, ils avaient arpenté le cirque de la solitude, une arène ceinte de roches granitiques écorchées et baignées d'une brume épaisse qui s'accrochait aux parois jour et nuit, où la température tombait sous 0 °C, même l'été. Oui, elle aimait la montagne et c'est pour ça qu'elle s'était engagée dans cette activité de troisième catégorie, selon l'échelle adoptée par l'association. Une activité dite, à haut risque.

Elle doit descendre les flancs raides et bleus dans la nuit sans nuages, hérissés de pics, de fanions, de tiges de fer qui séparent chacune des pistes de ski, abandonnées au vent et barricadées de filets aplatis au sol par l'avalanche. Plus bas, la toison modeste et pleine d'épines qui poussent entre les rochers laisse la place à une forêt de mélèzes, coupée en son milieu par une langue de plâtre qui se déroule dans la vallée, jusqu'aux chalets minuscules qu'elle distingue à peine. Elle finit par apercevoir le tas monumental fait de neige et de débris où les sept victimes sont ensevelies, priant dans leur cocon de glace, humant l'oxygène à travers les cristaux. Une vingtaine de personnes s'emploient à creuser la neige par endroits, mais la masse est immense. Jérémiade accélère. L'appétit de vivre l'appelle. Pas le sien. Les couloirs qu'elle emprunte n'offrent aucun appui. Ses crampons dérapent. Elle ne sent plus le bout de ses doigts, pourtant couverts d'une triple couche de duvet. Elle jette le piolet qui l'encombre. Des postillons glacés dansent dans la maigre lueur de sa lampe. Elle s'enfonce dans la neige molle, à l'écoute du plus petit bruit, grattement, pleurs d'enfant, dans toute cette blancheur. Les chiens qui les accompagnent sont concentrés. Ils font le tri, reniflent bruyamment. Elle pense à l'odeur que laisse un skieur enseveli.

*

Seul l'enfant avait finalement été retrouvé vivant, extirpé de la neige par un malinois. Le chien avait aboyé fort et gratté à l'endroit même où elle était passée sans rien voir ni entendre. Les corps étaient tous proches les uns des autres. Deux Fragiles étaient morts pendant la battue.

Le premier d'un arrêt cardiaque et le second simplement de froid. Il avait suivi la trace de l'avalanche dont les dégâts s'étendaient sur des kilomètres. Au petit matin, sous deux branches de sapin disposées en abri de fortune, on avait trouvé son corps.

« Donnez-nous du badigeon
Et vous aurez vos temps nouveaux. »

Bertolt Brecht, *Têtes rondes et têtes pointues*

Les premiers temps, les médias n'avaient tout simplement pas su quoi dire. Comment commenter ? Comment décrire ? Éditorialistes, chroniqueurs, humoristes, tous ceux qui aimaient circonvenir, déplorer, applaudir et rebondir n'auraient circonvenu, déploré, applaudi et rebondi pour rien au monde. Les rédactions étaient désertes. On avait perdu la trace des journalistes. On avait avalé la presse. On n'avait pu égaler en vitesse le retournement de la population à l'égard des Fragiles. Tout ce qui comptait de vieux grincheux, de rédacteurs lyriques, de poètes des lendemains qui chantent était resté muet. Et puis, on s'était remis à écrire. On s'était finalement libéré du rayon paralysant. On racontait cette époque si lisse, si amidonnée et si prévisible, sans faux pli, toute pleine de plus et de moins, un monde qui avait engendré une vague inattendue de suicides durant cinq ans, et qui, aujourd'hui, contre toute attente, semblait avoir accouché d'un remède miracle. Certains se laissaient aller à formuler une ébauche de critique de Fragilité & Réinsertion et de toutes les autres associations qui fleurissaient, mais leurs voix s'évanouissaient à la lecture des statistiques plus qu'optimistes et de certaines évidences. Les Fragiles devenaient populaires. La preuve, les exactions des Patriotes du Vivant se faisaient rares. L'épidémie s'essoufflait. On ne repartait plus tête basse de la salle de rédaction. On ne clapotait plus mollement sur son ordinateur, on ne regardait plus ce que la concurrence avait déjà sorti sur le sujet en tremblant. On ne craignait plus de mal faire. Les articles relatant les activités bénévoles des Fragiles, qui paraissaient en dernière page, dans un encart minuscule, loin derrière l'arrivée massive de pollens allergisants en ville, loin derrière la naissance inattendue d'un panda, faisaient désormais la Une. Ils faisaient vendre.

*

Jérémiade s'est réveillée comme une héroïne de série télé, ravie de fairesociété. Avec des choses à faire, des cheveux bien coiffés, un plan de carrière extraordinaire. Même son legging en Lycra respire l'envie d'en découdre. Finies les migraines et la mélancolie poisseuse, finis les pieds qui traînent sur le linoléum, terminée la télécommande imprimée sur le cul à force de s'asseoir dessus. Elle marche d'un pas alerte et sûr. Depuis six mois, elle avait aidé l'union départementale des sapeurs-pompiers à détruire deux nids de frelons installés près d'une crèche municipale, testé une nouvelle molécule censée détruire la plaque d'athérome qui se forme dans les artères, ramassé les déchets toxiques d'une vieille usine pétrochimique et placé plus de trois cents pièges à rats dans les sous-sols de son quartier. Elle accepte tout ce qu'on lui propose. Elle n'oubliera jamais la sensation éprouvée sur la montagne. Le sentiment de correspondre parfaitement à une demande. De s'emboîter à merveille. D'être à sa place.

*

Elle allume son ordinateur, regarde ce qu'on dit sur les Fragiles. Sur le seuil, Victor l'observe. Elle dit T'as vu comme ça change ? Les mentalités bougent. Si le mal-être doit servir à quelque chose, le pays est foutu, répond Victor. Elle soupire, lui dit qu'il n'est jamais content, qu'il est peut-être même un peu jaloux. S'il n'était pas impotent, lui aussi aurait aimé participer. Victor devient tout rouge. Son corps se raidit d'un coup. Il se jette sur elle. Elle ne s'attendait pas à une telle vivacité. Par réflexe, elle s'accroche à lui et tous deux basculent. Son dos s'écrase contre l'angle droit de la tête de lit. Il se relève et dit T'inquiète pas, je ne suis pas comme eux, je ne te veux aucun mal. Elle se recoiffe. Son crâne saigne légèrement. Il dit T'es plus intelligente que ça, avec des épines dans la voix. Les autres peuvent tomber dans le piège, mais pas toi. T'es comme le reste du pays, t'as honte, c'est tout. T'as honte devant ta fille, devant tes petits-enfants, devant moi. T'as honte d'être malade, t'as honte de souffrir, de ne pas être capable de guérir. Alors, tu fais ce qu'on te demande, tu fais comme d'habitude, avec tes moyens. C'est devenu ton hobby. Il y en a qui préfèrent le Scrabble, toi, tu fais du scoutisme morbide. Elle dit Tu racontes n'importe quoi. Il répond Rappelle-moi combien de Fragiles sont morts sur cette montagne. Et dans cette usine ? Et dans ce feu de forêt le mois dernier ? Il sort de la chambre. Ne bouge pas, crie-t-il du couloir, je vais chercher une serviette. Tu as du sang sur les mains.

*

Il y a quelques jours, Louis est lourdement tombé. Hélène l'a ausculté sous toutes les coutures, horrifiée, priant pour qu'il n'ait rien. Gus ne s'est même pas levé. Il a simplement paru irrité par le clignotement et le bruit incessants des jouets. Il voit toujours ses enfants comme un obstacle, mêmes s'ils sont de plus en plus autonomes, il se sent menacé dans son habitat naturel, dans sa vie à deux avec sa plantureuse épouse, sa cuisinière aux pulls angora. Et puis des jumeaux. La tuile. Deux petits pollueurs de plus. Deux tueurs de poissons panés sans remords. Double ration de couches, double ration de déchets. Jérémiade sent parfois Hélène toute proche de lui dire à quel point elle est malheureuse avec lui, de se délester du quotidien, de cette envie sourde de quitter ce mari qui parle si bien de bonheur, mais qui n'en offre qu'un aperçu de prospectus. Gus, à mille lieues d'imaginer tout cela, passe son temps à regarder des documentaires sur la chasse et la pêche. Ce qu'il souhaite, c'est comprendre comment les pêcheurs s'y prennent pour hameçonner les bulots dont les morues sont si friandes. Ce n'est pas apprendre à rendre sa femme et ses enfants heureux. Sa passion pour le porno ne faiblit pas non plus. Il consulte aussi très souvent le site dédié aux missions de Fragilité & Réinsertion. Depuis quelque temps, le grand public peut proposer des activités. Dans son entourage, ses collègues s'y sont mis, mais aussi les voisins du quatrième, ses neveux et leurs camarades de classe aidés par la maîtresse.

La machine à fabriquer des héros tourne à plein régime. Les propositions sur le site participatif se comptent désormais par dizaines. Don d'organes. Tests cosmétiques à la place des animaux. Le pays ne manque pas d'imagination. L'identité des Fragiles participants est dévoilée s'ils le souhaitent. Ils peuvent recevoir des messages de leurs fans. Diluet dit que ça aide les gens à se projeter, que les vagues d'empathie infusent un nouvel esprit citoyen.

Il dit qu'on recommence à vivrensemble. Plus les missions sont risquées, plus le taux de suicide baisse. C'est mathématique, affirme-t-il. Les Fragiles constituent un réservoir d'aide inépuisable. Pas tout à fait morts, mais pas tout à fait vivants non plus. Ceux qui décèdent en mission ont droit aux honneurs de l'État. Les autres n'ont droit à rien. Gus admire Jérémiade et lui envoie un chaleureux message de félicitations à chacun de ses engagements *au profit du Vivant.* Hélène aussi finira un jour par admirer son courage, au lieu de broyer du noir, elle en est convaincue.

*

Face aux bureaux de Fragilité & Réinsertion, des opposants d'une association nouvellement créée ont installé un immense panneau. L'affiche est visible à des centaines de mètres, par les automobilistes et les passants, visible encore dans les flaques d'eau qui stagnent très souvent dans la rue, bordée de pavés cabossés, visible par les pigeons, les enfants, les laveurs de carreaux, visible par les Fragiles qui se jettent sous les voitures des employés de l'hypermarché, juste avant qu'ils pénètrent dans le parking. Sur les tracts distribués, une courte présentation de leurs engagements. Le Droit à mourir pour rien veut alerter le monde sur les conditions d'exploitation des Fragiles. Le Droit à mourir pour rien refuse l'instrumentalisation du suicide. Il condamne l'abus de faiblesse qu'elle suppose, regrette la ressemblance troublante avec une forme d'apologie du sacrifice indigne d'un État civilisé. Il dénonce une dérive ultralibérale, même si trois des personnes présentes condament plutôt la violente percée collectiviste qu'un tel phénomène promeut. Tous paraissent d'accord sur une chose, le peuple n'est plus libre de mourir, et donc de vivre comme il le souhaite, et entendent le faire savoir. Jérémiade ne fait pas vraiment attention à eux. Les oppositions se multipliaient ces derniers temps et elle avait choisi de les ignorer, bien que Victor approuvait chacune d'entre elles. Le mois dernier, c'était une délégation de l'Ordre des médecins qui faisait le planton. La délégation jugeait les autorités coupables de viol ontologique du citoyen. Elle dénonçait le qualificatif de Fragiles et insistait sur le fait que les suicidaires étaient malades avant tout. Pour eux, la mission de tout État était de les protéger, de les soigner, pas de les exploiter. Certains des médecins avaient même entamé sur place une grève de la faim, relayé par plusieurs médias. Au milieu des blouses blanches, elle avait reconnu le visage familier du directeur du Pavillon de la Fragilité.

*

Les derniers Fragiles viennent de quitter les locaux, leur ordre de mission en bandoulière, et Diluet peut enfin se consacrer au rendez-vous le plus important de sa journée. Ce matin, ils étaient cent cinquante volontaires à se présenter. L'époque où Diluet n'arrivait à convaincre personne, où il arpentait les hôpitaux, fouillait jusqu'aux poubelles des cabinets de ses collègues pour trouver un nom, un numéro, une piste, si minuscule fût-elle, était bel et bien révolue. Il se souvenait d'avoir fait vingt fois le tour de tous les pavillons, mais aussi des cliniques privées, des maisons de repos, des centres de relaxation et de convalescence, des cabinets libéraux, des pôles psychiatriques, bref, de tous les établissements médicaux que comptait le pays. Il visait en priorité la jeunesse, avait visité les facultés de toutes les régions. Il avait décortiqué des milliers de messages d'adieu au monde cruel, des hiéroglyphes désespérés, écrits après une rupture amoureuse, que l'on trouvait sur les murs, gravés au cutter. Il lui était même arrivé d'écrire son numéro de téléphone, juste à côté de ces appels au secours, entre les demandes de pipes et les publicités pour les dealers, sur un nombre incalculable de portes de chiottes. Il faut faire le ménage en sens inverse à présent, a-t-il coutume de dire. Pour Diluet, la question de savoir si tous ces heureux cobayes viennent de leur plein gré n'a aucune importance, mais il n'est pas dupe. C'est une chose d'aider les

Fragiles à accommoder leur nature avec le reste du monde, et c'en est une autre de recycler tous les dépressifs du pays.

Une maquilleuse est venue le préparer. Elle aligne ses produits sur une console gansée de cuir. Les pinceaux, par ordre croissant. Les crayons en bataille. Les fonds de teint à l'odeur rance. Un gros flacon de laque. Il place deux doigts sur son poignet et constate avec soulagement le battement rapide mais régulier de son pouls. Il a l'habitude. Les invitations dans les médias abondent. La gloire tape à la porte, et son exposé hebdomadaire est tout aussi attendu que la météo ou les matchs de football de la saison. Cette fois-ci pourtant, il va surprendre.

Il triture son discours dans la poche de sa veste. Il le connaît par cœur. Il a tout pompé sur Kennedy. Il avait suffi de changer un peu les termes. Tout comme lui, il comptait évoquer George Mallory auquel on avait demandé pourquoi il voulait grimper le mont Everest. Mallory avait répondu *Because it's there* et c'est exactement ce que Diluet allait dire. La crise de la Fragilité avait duré longtemps parce que la vitalité du peuple n'était plus aussi grande. Qu'ils avaient désormais du recul sur certaines méthodes. Qu'ils savaient qu'interner les Fragiles ne protégeait personne. Que ça n'aurait conduit nulle part de continuer. Que ça n'aurait servi à rien, sauf à diviser, à créer un trou béant entre eux et les Vivants, alors qu'on avait besoin de tout le monde. Qu'il fallait de l'espoir. Une trajectoire humaine lisible. Le clou de son discours, c'était cette phrase. Une trajectoire humaine lisible. Un souffle neuf après toutes ces années de traumatismes. Les expériences qu'il menait sur tout le territoire avec Fragilité & Réinsertion fonctionnaient. Elles recréaient du lien là où il avait disparu. Elles fraternisaient. Elles réconciliaient. Il évoquerait enfin le saut dans l'inconnu, plus grand encore, qui attendait le pays.

*

La tête poudrée comme un roi, Diluet est ému. Comme Frankenstein s'apprêtant à mettre au monde son étrange progéniture. Beaucoup de gens le regarderont ce soir. Le Premier ministre aussi. Il ne manquera pas de le saluer dans son discours. De rappeler la chance qu'il avait eue de parvenir à emporter sa conviction. Il louera son éminence intellectuelle, sa grandeur d'âme, là où ne poussent d'ordinaire que des types sans foi, ni loi. Sans vertu. Il le remerciera publiquement de lui avoir donné carte blanche pour mener à bien ses expériences. Diluet se remémore leur première rencontre. L'homme d'État voyait dans le jogging un moment idéal pour les conversations officieuses, avec les uns et les autres, éditorialistes, syndicalistes, intellectuels ; tous emportés dans son élan, flanqués des deux molosses aux canines étincelantes et des gardes du corps inévitables. Il était convaincu que l'inspiration venait en courant plutôt qu'en mangeant des petits-fours. Diluet avait passé l'âge de se mettreausport, mais il s'était pourtant entraîné comme un fou les semaines qui avaient précédé leur premier rendez-vous. Ses efforts avaient fini par payer. Le jour venu, dans son jogging flambant neuf, il avait couru avec allégresse et obtenu les crédits pour développer ses idées.

*

Les caméras se mettent en place, les journalistes s'agitent dans tous les sens. L'euphorie et la détresse ont sur les corps les mêmes effets que la musique ; Diluet transpire énormément. Son corps exhale une sudation chaude et sucrée, au goût de lait légèrement caillé, qui se mélange au parfum de la maquilleuse. La distance entre eux n'est pas innocente. On pourrait penser qu'ils flirtent. Ses cheveux blonds et soyeux n'ont aucune raison de frôler d'aussi près les lèvres fines et gercées de Diluet. Il a envie de mordre dans la masse. Il bande. À cause des cheveux et des lèvres rouges, à quelques centimètres de son visage. Il bande de la voir toucher ses boutons purulents qui sortent par dizaines depuis quelques jours. La maquilleuse appuie dessus, elle les perce et recueille le liquide jaunâtre comme si c'étaient ses propres boutons. Elle ne montre pas le moindre dégoût pour le pus qui coule entre ses doigts. Il bande parce que toutes ses hypothèses se sont vérifiées. Il bande à cause de toutes ces années d'études, riches mais stériles, qu'il avait enfin réussi à mettre au service d'une intuition archaïque, mais efficace. Il bande comme on trinque à la joie d'être un objet de désir pour les autres et pour soi-même. Il bande parce qu'il n'est plus seulement un énergumène avec une drôle d'idée. Il est une star. Avec ses boutons, ses longues jambes chétives et la médiocrité de ses traits. Il bande parce que c'est loin d'être terminé. Il faudra creuser, encore et encore, jusqu'à ce que dans les os frêles de la nation, dans sa moelle rabougrie, circule un sang plus vif et plus frais. Il bande parce que sa prochaine idée est à la hauteur de l'enjeu. Il bande parce que c'est une victoire de plaire à la maquilleuse alors qu'il est vieux et repoussant. Il bande au sentiment de comprendre le monde mieux que personne. Il veut bander éternellement.

*

Victor se maudit d'avoir regardé l'émission consacrée à Diluet et à Fragilité & Réinsertion. Son ventre est secoué de borborygmes. L'acrimonie lui sort de partout. Autant se vider, là, sous la table basse ou dans la cuisine, derrière un meuble comme un chien. Il croyait que Jérémiade avait payé sa dette après la première mission. Son malus. Il croyait qu'elle l'avait méritée, sa liberté. Elle en avait déjà trop fait. Mais c'est elle qui veut. C'est elle à présent qui réclame sa dose. Il dit tout haut Elle est folle, folle ! Il a accompagné Jérémiade un matin. Il fallait qu'il voie la bouille de messie autoproclamé de Diluet. Qu'il entende ses incantations minables à la gloire du sacrifice. Elle ne supportait aucune de ses pensées positives, mais le vomi qui sortait de la bouche de cet imposteur, elle en buvait des litres, jusqu'à la lie. On ne mourrait plus gratuitement dans ce pays. Il fallait donner l'exemple. Diluet, il appelait ça la compassion du suicidant. Et c'est à ce type qu'il confie son amour ? Oui. C'est à ce type qu'il confie son amour. Il se fait une promesse. Il retournera le voir. Il le sortira de son bureau par la peau du cul. Il se retiendra de hurler Ne me la prenez pas ! Il ne fera que l'étrangler. Entre chaque crampe, il enrage. Il aurait préféré qu'elle crève. Qu'un requin lui lacère les entrailles. Il fait le tour du salon, se cogne contre chaque meuble. Les spasmes sont de plus en plus forts. Il s'affaisse, se met à ramper, le groin dans les boucles du kilim. Il pense à leur premier rendez-vous. Il était mal habillé. Pas lavé. Ses mains sentaient un peu le poisson, un peu la merde. Il était seul. Très seul. Elle cherchait un colocataire. Elle avait une chambre de libre. Il se voyait bien déployer sa tristesse dans le confort d'un appartement bourgeois et rien d'autre. Jérémiade était apparue. Son corps s'était peu à peu rempli d'un poison violent, comme après une terrible morsure.

Il l'avait aimée tout de suite. Il lui avait dit Tu seras plus jamais seule. Il s'était mis en tête de l'aider, de plonger les mains dans son malheur, de décortiquer les raisons pour lesquelles elle allait si mal. La Fragilité l'emportait. Il n'était pas de taille.

Elle va sortir de la chambre, d'une minute à l'autre, et il faudra faire semblant. Il faudra se relever. Quand elle dira Je suis heureuse, il faudra se taire. S'incliner devant l'étrange guérison de celle qu'il aime. Il pense, Reprends-toi, clochard. Amoureux foutrement con.

*

Elle a revêtu une combinaison vert bouteille. Elle croit avoir l'air d'une pilote de chasse. Une pilote de chasse qui vend des aspirateurs. Victor la trouve ravissante cette combinaison. Ça compte. Elle s'était longuement questionnée ce matin sur ce qu'elle devait mettre. Elle avait très peur de déplaire. Elle voulait avoir l'air d'une professionnelle. D'une femme aguerrie.

Mais elle avait peur. Peur que quelqu'un décide que non, franchement non, une vendeuse de produits ménagers pour une telle mission, c'est grotesque. Elle enlève la combinaison et envoie une requête sur le moteur de recherche de son téléphone : avoir l'air sûre de soi. Elle ne trouve rien qui soit adapté à sa situation, hausse les épaules et efface l'historique. Elle délaisse son pull bleu marine et son jean taille haute, renonce aussi à une robe-chemise transparente, jette en boule dans sa penderie deux pantalons noirs trop serrés, enfile pour la deuxième fois la combinaison qu'elle avait prévue au début de ses essayages et retourne dans le salon pour faire admirer son choix définitif à Victor. Elle le retrouve à genoux. Les bras tendus et le visage saisi par l'effroi. Il ne bouge pas. Il ressemble à ces chevaux pris dans la glace du lac Ladoga.

*

Le bar où Hélène a ses habitudes est au prochain croisement. Tous les matins, elle y prend son thé et lit le journal en commençant par la dernière page. Tous les matins, elle se glisse confortablement dans la banalité de sa vie comme dans un chausson sur mesure. Jérémiade pousse la porte. L'endroit est bruyant. Le bruit dans les cafés, la lumière trop blanche, les ascenseurs, les câlins trop longs, les petites tapes amicales, les reproches faciles, les fins de soirées, les je te le dis sincèrement, et les pleurs des enfants. Elle ne supporte rien. Tout est trop près ou trop loin, elle ne trouve jamais la bonne distance. Combien de fois avait-elle dû se terrer sous les draps, écouteurs vissés sur le crâne, boules Quies dans les oreilles ? Elle voulait que les bruits de la vie cessent de la torturer, mais le monde était un vieux dragon avachi qui cracherait ses flammes jusqu'à la fin. Hélène traverse la rue de son petit pas caractéristique, tout en souplesse et en délicatesse, comme une mésange. Jérémiade n'avait pas vu sa fille enceinte. Elle n'avait pas pu faire le tour de son ventre avec tendresse ni parler aux bébés, les lèvres collées à son nombril. Leur dire combien elle les aimait déjà, des choses comme ça ; des secrets qu'on ne dit qu'à ceux qui n'entendent pas. Ses mains se réchauffent au contact de la tasse. Hélène se dirige tout de suite vers la table la plus à l'écart. Elle ne l'a pas vue. Le serveur lui sourit et la complimente. Elle commande un verre de lait et s'enfonce dans la banquette. Jérémiade veut que son visage s'éclaire quand elle la verra. Comme avant, lorsqu'elle fouillait son cou et le comblait de baisers. Elle veut entendre son rire cristallin et la sentir heureuse dans ses bras. Quand elle était pour elle une mère comme une autre, une mère sans échardes. Elle contemple ses yeux en amandes, ses traits gentiment soucieux. Le serveur s'approche. Il dit Je vous apporte autre chose ? Elle répond Un autre thé. Ça ne lui suffit pas. Earl Grey ? Darjeeling ? Thé vert ? C'est plus corsé, mais le matin, on a besoin d'un bon petit coup de fouet, dit-il. Elle répond Celui que vous voudrez. Moi, je vous conseille le thé vert, poursuit-il. Entre-temps, Hélène a disparu. Elle grimpe à l'étage. Les toilettes sont désertes. Elle dévale les marches quatre à quatre, jette un œil au comptoir. Seulement deux ouvriers couverts de peinture. Sur la terrasse, un homme parle à son chien, un Corgi famélique. Pas d'Hélène. Elle retourne à sa place, remarque une deuxième tasse sur la table. Sa fille s'assied, un sucrier dans la main. Après avoir imbibé son sucre, elle dit Tu as bonne mine Maman. Elle secoue ses doigts engourdis par la vapeur. Tu as vraiment bonne mine, répète Hélène. Ses cheveux dissipés, ses mains petites aux ongles courts, son regard un peu détruit. C'est ça qu'elle veut retenir. Il y avait beaucoup de photos d'Hélène à la maison, sur les murs. Hélène et la tête de nourrisson repu, Hélène et les éclats de rire au square, Hélène et le visage triste après deux heures de colle, la photo ratée de son mariage, la naissance des bébés, une autre, en noir et blanc, surprenante de gaieté, lors de vacances où tout le monde s'était engueulé, celle qu'elle avait piquée sur une étagère dans le bureau de son gendre et celle qu'elle avait trouvée dans les pages d'un livre, ou encore celle où elle avait l'air simplement heureuse, avec au fond un monument flou, mais aucune photo n'exposait la vérité de ce visage-là.

*

Le thé est froid. Ses tanins forment une nappe légère, dansante et trouble. Elle porte la tasse à ses lèvres. Hélène est déjà loin. Elle aurait donné n'importe quoi pour qu'elle la croie guérie, pour qu'elle croie ce prodige possible, qu'elle croie à une métamorphose en grand-mère pimpante occupée à tricoter des écharpes bleu et rose pour le restant de ces jours. Au lieu de tout ça, elle avait choisi d'avoir le même destin qu'un cochon d'Inde.

*

À présent, les chemins qu'elle emprunte pour rentrer ne sont plus aussi charmants, les terrasses sont vides, et à cause de la pluie les oiseaux ont fui. Des trombes d'eau s'abattent sur les rares passants. Ils baissent la tête dans les rues détrempées comme des automates rouillés. De grandes flaques envahissent le trottoir. Jérémiade marche sous la pluie. Son corps est lourd. Gorgé de larmes. *Sploch. Sploch. Sploch.* Le bruit des convictions qu'on ébranle. Elle n'avance plus. Hélène a dit Tu ne veux pas croire que c'est possible d'être heureuse, mais c'est possible d'être heureuse, seulement pas tout le temps, et ça tu ne le supportes pas. La pluie glacée s'infiltre dans son cou. Faire pleurer sa fille lui donne envie de s'arracher la peau avec les ongles, de se cogner la tête contre le mur. Pourquoi n'a-t-elle pas eu le courage de pourrir dans un Pavillon ? Il y avait des serviettes en papier pleines de larmes et de morve sur la table. Elle avait pris le mouchoir qui lui paraissait le plus propre et lui avait tendu. Hélène était inconsolable. Elle disait Et Ava et Louis ? Et Ava et Louis, Maman ? Tu te rends compte de ce que tu leur fais ? Je voulais qu'ils te connaissent, qu'ils soient assez grands pour se souvenir de toi. Hélène s'empêchait de respirer, comme quand elle était petite, alors elle lui avait caressé la joue tendrement, avait essayé d'avoir des mots rassurants, dit Je pourrais peut-être devenir l'héroïne d'un conte étrange, tu me raconteras comme ça, à mes petits-enfants. Elle avait essayé de la convaincre qu'elle ne disparaîtrait pas, elle voulait lui ôter ses doutes, mais ils se muaient en certitudes avec une rapidité folle. Hélène voulait remonter le temps. Elle voulait tout recommencer. Elle disait que c'était faisable. Il suffisait d'y croire très fort. Un virage à gauche au lieu d'un virage à droite, un ascenseur qui s'arrête un peu trop longtemps, à peine quelques secondes de retard, et l'ordre des choses pouvait toujours être bouleversé. Elle trépignait sur sa chaise tout en démêlant nerveusement le nœud qu'avaient fait ses boucles blondes à l'arrière de sa nuque. Elle l'insultait. Elle s'insultait. Mais toute cette histoire, c'est de la merde ! hurlait-elle. Elle tirait sur ses cheveux comme une forcenée, elle était prête à sauter à la gorge de Diluet, à traîner Fragilité & Réinsertion devant les tribunaux, elle jurait qu'elle ferait un scandale. Elle le traitait de trou du cul de charlatan, de médecin véreux, de déchet d'hôpital et de praticien d'opérette. Elle vivait un deuil.

*

Elle a couru longtemps. Le vacarme de la pluie tranche avec la petite voix qu'elle entend. Pierre, feuille, ciseaux. Elle ne sait pas d'où ça vient. L'orage est moins fort quand elle se concentre, quand elle écoute. Pierre, feuille, ciseaux. Découper tous les liens. Pierre, feuille, ciseaux. Flotter dans le vide. Pierre, feuilles, ciseaux. Ne pas tomber dans le trou. Elle dégage prudemment les mains de ses oreilles. L'orage s'est éloigné. Elle relève la tête, essore ses mèches qui collent à ses joues. Elle marche vite. Un magasin de jouets éclairé par des chandeliers en plastique est en train de fermer. À l'intérieur, des mères de famille pressées et des enfants qui râlent font la queue pour régler leurs achats. Elle pense à sa dernière étreinte, à sa fille dans ses bras, pelotonnée dans son cou.

Elle boutonne son manteau. Il fait plus frais à cette heure. Bientôt, elle marchera là où personne ne va jamais. Là où le bruit n'existe pas.

*

Elle ruisselle. Ses cheveux gouttent sur le parquet. Elle chantonne et l'embrasse en chantonnant. Il la serre tendrement. Il sent sur elle l'odeur de la pluie, mais aussi un parfum qu'il ne reconnait pas. Il veut aller chercher une serviette pour qu'elle s'éponge les cheveux. Elle refuse. Elle dit Je sècherai plus vite dans tes bras. Il se dégage de son étreinte. Il songe à cette odeur si particulière. Si différente. Elle l'appelle, plusieurs fois de suite. Il l'entend miauler à travers la paroi. Elle veut retourner se nicher dans son cou. Maintenant. Elle joue les impératrices. Elle lui fait du chantage. Elle dit C'est peut-être la dernière fois. Elle le torture. Comme toujours. Il promet de revenir, il est là, juste à côté. Il la trouve gonflée. C'est elle qui fugue. C'est elle qui fuit. Elle ne veut pas de son aide. Mais il ne la laissera pas prendre froid. Il se saisit d'un drap de bain, remarque sa chemise trempée et s'essuie à son tour. L'odeur s'est déposée sur lui. Il frotte. Fort. Jusqu'au sang. Il ne l'aime pas cette odeur. Il veut s'en débarrasser à tout prix. Lorsqu'il revient, la serviette roulée en boule, elle est dans la chambre. Elle passe et repasse sa main sur son visage. Elle râle parce que son mascara a coulé sur ses joues. Elle ressemble à un raton laveur. Elle se trouve moche. Elle se trouve vieille. Air connu. Il lui demande ce qu'elle est partie faire en plein orage. Elle répond Rien de bien méchant. Il ajoute Fragilité & Réinsertion a appelé quatre fois. Ils sont inquiets, tu n'as pas donné de nouvelles depuis le début de l'après-midi. Elle chantonne pierre-feuille-ciseaux, éponge ses boucles et le regarde. Il a une mine épouvantable. Elle pense, Il n'a toujours pas compris que c'était une chance. Les gens comme elle ne sont plus considérés comme des pestiférés. Des trous dans la toile. Des erreurs statistiques. Ce besoin compulsif de sauver tout le monde, ça ne rimait à rien de toute façon. Essayer de guérir les Fragiles n'a fait qu'empirer les choses. Ça ne marchait pas. Elle n'imaginait pas que son visage puisse se décomposer encore plus. Il lui tourne autour, lui dit J'te reconnais plus. Il s'essuie encore. L'odeur ne part pas. Elle est partout. Il vient de comprendre. Elle est sage, Jérémiade. Elle est studieuse. Elle est hypnotisée. C'est la ruée vers le vide qui l'attire. C'est une nouvelle façon de crever. Marcher sur une terre plus triste que soi. Il pense, Son agonie va durer mille ans.

*

N'emporter qu'une chose dans ses bagages
Le parfum d'une chambre étrangère

*

Il souffre et traîne sa mélancolie comme une ancre. Ses nuits sont remplies de mauvais rêves, d'avant-goût de la solitude qui sera la sienne.

La nôtre, dit-il d'un air grave. Il est convaincu qu'elle finira par renoncer. Il hait les chiffres encourageants. Il moque la baisse du nombre de Fragiles qui se foutent en l'air. Il dit que tout le monde se trompe. Il dit On est tous morts sans le savoir. Elle lui propose une promenade au bord de l'eau. Il accepte.

*

Arrivée en bas des marches, elle sent le regret et la culpabilité l'étreindre. Elle les accueille avec délice, comme un nectar amer, mais précieux. Elle entraîne Victor sous les ormes argentés. Elle est vivante.

*

Le jeune homme que Victor avait sauvé de la noyade semblait appartenir au fleuve depuis toujours. Son visage était de la teinte triste de l'eau et ses vêtements ondulaient comme des algues. Lorsqu'ils l'avaient croisé, il était perdu dans la contemplation des immenses blocs de béton qui voyageaient sur une péniche, d'un pont en construction à un autre. La ville avait décidé de construire de nouveaux ponts, en réponse à l'envie toujours plus grande des citoyens de se rapprocher les uns des autres, depuis la crise de la Fragilité. La ville coupée en deux, séparée par ce large fleuve, cette tranchée liquide, tels deux territoires hostiles qui s'opposaient, ne représentait plus un plan urbain idéal, selon la mairie. À tout moment, les habitants de la rive gauche et de la rive droite devaient pouvoir se mélanger, se rejoindre, se courir après ou danser la valse si ça leur chantait. Ces ponts étaient espacés les uns des autres de quelques dizaines de mètres seulement. Ils avaient été baptisés par les enfants de la municipalité : Pont de la joie, Pont du bonheur, Pont du sourire, Pont des gens heureux, Pont des vacances, Pont de la fête, Pont du foot, Pont rose.

Les passants qui empruntaient ces ponts n'étaient pas nombreux et les voies des voitures et des bus étaient vides. L'inconnu leur avait faiblement souri puis avait enjambé le pont. Victor avait sauté à son tour, l'avait ramené sur la berge, puis s'était évanoui sur les marches humides. Jérémiade avait appelé les secours. Un pompier s'était quasiment battu avec ses collègues pour les convaincre de poursuivre les soins dont les deux hommes, toujours inconscients, avaient besoin.

*

La police fluviale interroge Victor. Elle tient à savoir s'il a sauté pour mettre fin à ses jours. Il répond qu'il voulait seulement sauver le type qui s'était jeté du pont.

*

Elle ne se sent pas bien. Elle ne craint plus pour la vie de son compagnon, les médecins ont été rassurants, mais elle est comme amputée. Un froid mordant envahit son crâne. Elle décide de faire un tour dans le jardin pour se dégourdir les jambes. Parcourir les allées désertes, comme au Pavillon de la Fragilité. Respirer. Sa chaussure bute sur quelque chose. Elle remarque la petite entaille dans le cuir, repère le caillou fautif, détaille longuement son aspect général. C'est un caillou plus gros que les autres, plus rond aussi, lisse à certains endroits, tranchant à d'autres, qui tire sur l'ocre, traversé en son milieu par une strie plus soutenue, zinzolin. Elle l'observe sous toutes les coutures et ses pensées vagabondent loin, très loin.

Sur le chemin du retour, son regard se perd d'une rue à l'autre. Elle essaie de retenir le nom d'une statue qu'elle croise, la tête d'un boulevard. Elle essaie d'emporter toutes ces choses dont elle se foutait éperdument. Elle en vient même à regretter que les feuilles tombent si vite. Elle retient tout de leur chute, de leur tendre balancement. Elle est pleine de regrets et heureuse, heureuse de pleurer le manque à venir d'Hélène. Celui des jumeaux. Et celui de

Victor. Tant de raisons de ne pas partir et de faire machine arrière. Mais renoncer affadirait tout. Presque aussitôt.

« It took thirteen beaches to find one empty
But finally, I'm fine. »

Lana Del Rey *13 Beaches*

Elle ne souffre plus d'insomnies. Le sommeil vient vite, sans somnifères et sans alcool puisqu'il n'y en a plus. Emmitouflée dans sa couette, en culotte et sous-pull, elle enroule ses cheveux autour de ses doigts. Dehors, le ciel a l'éclat voilé de la tourmaline ; rougeâtre, jaunâtre, verdâtre. Jamais bleu. Elle s'y est habituée. Il y a peu d'endroits aussi hostiles et aussi doux à ses yeux que Valles Marineris.

La cavalcade d'une blondinette hilare a égayé sa nuit ; les couettes asymétriques, les paupières plissées par la joie, les rondeurs enfantines dans un maillot de bain imprimé cerise. Elle n'avait pas rêvé d'Hélène depuis longtemps. La chorégraphie du matin s'est imposée peu à peu. Faire le lit. Ramasser les vêtements dispersés la veille ; ceux qu'elle a hésité à mettre, ceux qu'elle a sortis pour rien, ceux qui ne lui vont plus. Elle a emporté toute sa penderie, même les robes plusdesonâge. Le ménage est rapide, les pièces, quasiment vides ; pas un objet ici n'est superflu, pas une fourchette ou une chaise en trop ; l'impression de vivre chez un propriétaire méfiant. La vapeur de la douche a envahi la chambre. Elle entre dans la cabine, le talon au-dessus de la bonde pour que l'eau s'évacue plus lentement. La sensation sous son pied est désagréable, mais le plaisir d'avoir les chevilles immergées l'emporte largement. Le shampoing sent la pomme verte, l'eau ruisselle sur son dos. Accroupie dans son petit cercueil de Plexiglas, un écheveau de mousse au sommet du crâne, elle essaie de déloger les peaux mortes autour de ses ongles. La douche s'est arrêtée automatiquement. Trois minutes par jour et par personne. Pas plus.

Elle s'enveloppe d'un peignoir trop grand. Des mèches humides collent à ses tempes et à son cou. Elle enfile un pull gris, un pantalon bleu en toile et des espadrilles. À mesure que ses sens s'éveillent, elle sent monter en elle un sentiment de parfaite inutilité.

*

Tout est calme. Elle avance lentement, les doigts collés sur la paroi pour mieux se repérer, comme un phasme en pyjama. Des voix qui se mélangent et fredonnent de vieux airs la guident dans la pénombre. La lumière de la cuisine apparaît. Elle regarde par le hublot. Ils sont assis en rond, dans un décor de cuisine-témoin, autour du grille-pain qui trône sur la table. Pression douce sur l'interrupteur. La porte coulisse avec difficulté. Il flotte dans l'air une odeur de café soluble et de purée déshydratée. Elle entre sans dire un mot, regarde un par un ses compagnons. Une tasse de café fumant glisse jusqu'à elle comme une choppe de bière sur un comptoir.

Tous les matins, il est trop chaud pour le boire d'une traite. Elle apprend que Romulus a oublié de ranger le pain dans la remise. Tout a gelé. C'est une mauvaise nouvelle. La gestion des stocks de nourriture est cruciale. Elle mobilise une grande partie de leurs journées. On désignera un nouveau responsable des provisions. On perdra du temps dans des réunions interminables. On noircira des cahiers de tout un tas de chiffres. On retranchera ce qui manque, on répartira au mieux ce qu'il restera. On meublera le quotidien avec un mauvais goût certain. Elle soupire et s'essuie le nez avec sa manche. Elle en comprend la nécessité, simplement, elle ne souhaite pas participer. Ce désirdegestion la dégoûte. Ils veulent tout faire comme avant. Parce qu'ils ont oublié. Avant est une plaie et l'a toujours été. La lucarne laisse passer quelques rares rayons de soleil qui cognent contre l'os de sa pommette. Au loin, des nuages noirs moutonnent. Elle est protégée des tempêtes, tant qu'elle s'en tient au protocole, malheureusement la poussière épaisse et collante s'infiltre partout. En apparence, elle a la texture du sable de son enfance. Un sable velouté, couleur de tuile. À un détail près. Les particules de silice qui le composent sont coupantes comme du verre et laissent de profondes entailles dans la peau. Elle boit son café encore brûlant en grimaçant. Romulus finira par comprendre qu'il faut attendre qu'il refroidisse. Elle étale un peu de confiture sur son toast et fait craquer les os de ses doigts. Le grille-pain ronronne. Mars est comme un dimanche à la campagne.

*

Pouls à soixante et un. Constantes normales.

D'abord les orteils. Emmitouflés dans de grosses chaussettes doublées pour éviter qu'ils ne touchent les fils qui s'entremêlent et s'enroulent dans sa combinaison comme des spaghettis. Système de survie, connexions de ventilation et de communication, commande de purge d'oxygène, valve de purge. Elle ne sait pas comment ça marche. Elle s'en fout. Le nombril à l'air, elle a passé une jambe puis l'autre dans l'intérieur froid et caoutchouteux. Les poils qu'elle n'a pas rasés depuis des mois se sont hérissés au contact des cercles de métal qui solidifient l'ensemble. Dans son mille-feuille spatial en Dacron, Nylon, Néoprène et Spandex, elle se sent bien. Deux sorties par semaine. Amplement suffisant pour les tâches qu'ils accomplissent. Ajouter un cairn de plus dans leur jardin zen, admirer les montagnes adossées au ciel et faire ricocher les galets roses et polis sur les flancs de Valles Marineris. Sur Terre, on lui avait montré l'endroit exact de l'atterrissage, sur une carte auréolée de taches de café. Le directeur de la mission avait placé une petite croix, entre deux longs canyons parallèles, Tithonium Chasma et Ius Chasma. À cet instant, elle avait compris dans quel ventre infécond on les expédiait. Valles Marineris défigurait la planète sur un périmètre gigantesque. Trois mille sept cent soixante-dix kilomètres de long, six cents kilomètres de large. Une grosse cicatrice sur une gueule déjà bien cassée. Presque touchante, fracturée de partout, au gré des tempêtes, des glissements de terrain et des éruptions volcaniques qui l'avaient transpercée jusqu'au trognon. Un peu comme elle. Juste au-dessus de la base, plus à l'est, brille un point minuscule, plus terne qu'une étoile. Elle ne peut rien voir du bleu qui la distingue des autres planètes. Le bleu de la mer, de l'encre des stylos et des hématomes sur les jambes des enfants. Vue d'ici, la Terre n'est qu'une tache de plus sur un vaste tapis poussiéreux. Elle fait comme tout le monde quand elle sort, elle s'approche beaucoup trop près du sillon plongé dans l'obscurité. Elle ne peut s'empêcher de regarder tout au fond du trou, avec son lampion ridicule accroché au casque. Comme si une bougie suffisait à éclairer la nuit. Elle progresse lentement. De l'autre côté, rien ne laisse supposer la profondeur immense de la fracture. Il n'y a qu'un désert plat et lisse à perte de vue. Aujourd'hui, la texture du sable est plus argileuse et les grains sont noircis par la dernière tempête. La trace de ses pas restera quelque temps, signes fugaces de sa présence dans ce milieu stérile. Romulus dit que sans le regard et le verbe de l'Homme, la laideur et la beauté n'existent pas. Elle n'est pas d'accord. Elle pense que Romulus a une haute opinion des Hommes parce qu'il n'en est pas un.

*

Jérémiade ôte son casque après avoir sécurisé le sas. Elle est accueillie par l'un de ses compagnons. Il a négocié son déménagement dans une pièce isolée des autres, là où on entrepose les déchets en attendant que Romulus les recycle. Il veut qu'elle visite sa chambre. Il avait quitté le petit-déjeuner assez vite en disant Comme ça j'aurai le temps de balayer. Elle avait ri. Du temps, il n'en manquait pas. Il n'a pas respecté la disposition des meubles, avec le lit coincé entre deux petites tables de chevet. Il les a rapprochées pour n'en faire qu'une, plus large, tout au centre. Dessus trône un diplôme de médecin recouvert de morceaux de scotch. Elle arpente la pièce, touchant le pli d'une veste, passant sa main sur les chemises suspendues, effleurant une collection de montres. Il y a de beaux modèles, des marques prestigieuses, des cadrans anciens aux aiguilles abîmées et des montres d'aviateur à plusieurs chronomètres. Il les dépoussière tous les jours. Il dit Ça sert à rien. Il s'assied, en peignoir sur le bord de son lit, les cheveux en proie à l'électricité statique, les mains dans les poches et les pieds dans ses chaussons. Le regard vide. Il a mauvaise mine. Il marmonne des choses qu'elle ne comprend pas. Sa mémoire fout le camp. À moins qu'elle n'ait jamais fait le voyage. Ce n'est pas la première fois qu'elle le voit dans cet état. Semblant attendre quelque chose. Ou quelqu'un. Comme dans sa propre salle d'attente. C'était le seul Fragile a avoir déjà eu une expérience de l'espace. Il était médecin au sein de la station spatiale internationale, reconvertie depuis en *resort* touristique. La station ressemble à un manège à sensations fortes, avec quatre bras téléopérés au bout desquels on a vissé des cabines munies de harnais qui tournent à grande vitesse. Les touristes paient de véritables fortunes pour y passer une semaine ou deux. À l'extérieur, les poutres, les éléments d'amarrage et les bras robotiques sont habillés de LED multicolores. Le séjour consistait principalement à éviter des flaques de vomi volantes, puis à se blottir en position fœtale pour dormir dans une alvéole fixée verticalement au mur. La vue sur la Terre est imprenable.

*

La pénombre a déjà envahi les côtes abruptes de Valles Marineris. Elle tente de divertir sa voisine de chambre qui répète depuis deux heures qu'elle ne sent rien. Rien du tout. Sur Terre, elle brûlait dedans et dehors, elle réclamait d'être plongée dans l'eau glacée et tout à coup mourait de froid. Elle voulait de la compagnie puis ne la supportait plus. Elle contemplait joyeusement son reflet puis se détestait à s'en crever les yeux. Sur Terre, c'étaient les montagnes russes. Ici, le calme plat. Le *pourquoi vivre* auquel elle était habituée a été remplacé par le *comment survivre*.

Cette planète, sa voisine l'eût sans doute préférée invivable. Elle en parlait souvent, de cette impossibilité de se nuire. Ça la rendait folle. Elle errait dans les couloirs, regardait d'anciennes photos. Elle essayait de se motiver pour plonger dans le ventre de Valles Marineris. Il aurait suffi de pas grand-chose. Un dédain plus corsé, un équilibre plus précaire. Et hop. Le grand saut dans la lumière vespérale, poussée par le sirocco du coin, avalée par la crevasse, gentiment concassée, descheveuxdespoils, rien dans le bon sens. Mais les murs n'avaient pas de mémoire sur Mars. Avant l'arrivée des Fragiles, Mars n'avait abrité aucun souvenir. Les couloirs qu'ils traversaient n'avaient pas été profanés par le bonheur des autres. Les lumières de la base n'avaient éclairé que leurs visages d'enfants tristes. Jérémiade fait une grimace, lui raconte une blague idiote et remonte la couverture sous son menton, comme elle le faisait avec Hélène. Plus elle l'observe et plus elle comprend qu'ils vivent un deuil et passent par tous les stades : le déni, la colère, la douleur. Ils sont comme cette planète. Troués de partout. Incapables de souffrir, pas fichus d'être heureux.

*

L'endroit où Romulus termine de rassembler les déchets de la station est recouvert de minuscules corps noirs et gras, comme si une nuée d'insectes s'était écrasée au sol. Peut-être des éclats de roches sédimentaires lessivées par les vents. Peut-être une météorite pulvérisée dans sa chute. Il en tombe un grand nombre. Romulus est un biffin qui s'intéresse au moindre débris. À sa forme, à sa couleur et à son chant. Il a même retrouvé une vieille astromobile, l'un des plus anciens Rover envoyés sur Mars, lors des longues promenades qu'il fait autour du bassin d'Hellas et sur la plaine d'Isidis. Il l'a portée avec beaucoup de délicatesse, dans une grande pièce de tissu blanc, comme un nourrisson mort-né. En quelques heures, depuis l'aube qui a eu tant de peine à soulever l'épais rideau de poussière, il a récupéré deux tonnes de matériel disséminées dans un rayon de trois kilomètres par le vent. À travers le hublot de sa chambre, elle admire l'édifice majestueux en construction. Métal, plastique, carton et verre, objets abandonnés, usagés et obsolètes, formes concaves, carrées, tranchantes ou arrondies ; tous se grimpent les uns sur les autres, s'imbriquent et se repoussent, s'escaladent. Une cathédrale new age sort de terre. Elle a assisté à la plus grande partie de ce ballet étrange, hypnotisée par les allers-retours besogneux de Romulus et par la formation de cette concrétion de caisses, d'écoutilles, de boucliers thermiques et de modules endommagés. Elle se demande s'il peut percevoir et comprendre la beauté de ce qu'il est en train d'accomplir. Tout seul, il modifie la continuité infinie de ces chaînes de montagnes et de failles qui entourent la station. Il transforme le paysage dur et sec de Mars.

*

La tempête de sable de la veille a été si brutale que de violentes bourrasques continuent de frapper à ses tempes. Allongée sur le lit, elle lit un recueil de poèmes. De temps en temps, elle croit entendre le miaulement plaintif d'un chat à travers la cloison, mais c'est le sifflement du vent. Un matin, en se promenant sur les bords de la fracture, elle a cru voir un pont. Côtoyer tous les jours ce paysage fruste, plus dangereux qu'une jungle, plus triste qu'un boulevard abandonné au tramway, engendrait ce genre de mirage. Elle se tourne vers la petite lucarne et regarde Romulus. Il reste debout, pantelant dans le vent, les bras tendus. À quelques mètres, elle aperçoit Karim. Il se dirige vers le sas ouest, là où on entrepose le matériel de communication. C'est l'un de ses compagnons préférés, sans doute le plus discret. La seule chose qu'elle sait de lui figure dans le dossier médical qu'il a apporté. Depuis tout petit, le meilleur moyen pour calmer sa fièvre suicidaire, c'est de jouer. Il a enjambé son premier balcon à l'âge de sept ans. Depuis, c'est une longue histoire d'amour avec le vide. Le début d'une attirance qui a supplanté toutes les autres. Son premier saut avait été bref, mais il avait quand même eu le temps de voir le sol se rapprocher et de se sentir chaleureusement accueilli. L'impact, comme un bruit sourd et lointain dans son crâne. Le flottement de la conscience. La belle et douce prison mentale. Il se souvient encore combien ce lâcher-prise lui avait paru délicieux, il se souvient que dans son demi-coma, il s'était juré de recommencer. Elle voit Romulus en pleine conversation avec son compagnon. Sa tête de coton-tige tourne de gauche à droite, ses grands yeux de suricate éclairent puissamment le sol. Tout à coup, son bras percute la tête de Karim. Il s'écrase lourdement au sol. Puis, le robot le soulève et le transporte vers le sas. Romulus est programmé pour exécuter certaines tâches. Elle sait que dans ses mécanismes, il n'y a que des déterminismes parmi d'autres, des fils à la patte. Tout le monde l'aime, Romulus, même si elle n'est pas loin de lui préférer le grille-pain.

*

Au milieu de la nuit, Romulus est venu les chercher. Elle et les autres. Il a tendu sa petite pince et agrippé par la manche le premier Fragile encore endormi, puis il a effectué un demi-tour pour lui faire comprendre qu'il devait prendre les autres par la main. Il leur a montré dans quel ordre ils devaient se ranger. Elle était la dernière de la file, simplement parce qu'elle était la dernière réveillée. Quand il a ouvert la porte de sa chambre, elle rêvait toujours. Elle s'est rapidement changée, devant Romulus qui la regardait, nue sur le sol en béton. Ça n'avait pas pris plus de deux minutes. Et puis elle avait rejoint les autres. Romulus a roulé jusqu'au sas, il a dit Mettez vos combinaisons. Ils ont obéi. À présent, elle observe les gestes bien appris, presque automatisés, les corps pâles qui se contorsionnent au petit matin pour rentrer dans l'attirail de protection. La porte s'ouvre difficilement. Elle ne pose aucune question. Comme les autres. Elle aperçoit Karim, le bras tout emmailloté. Hagard. Romulus tient à ce qu'ils marchent en file indienne. Alors, ils marchent en file indienne. Il se retourne de temps en temps. Petite silhouette argentée devant huit silhouettes blanches. Chacun peut entendre la petite musique qu'il diffuse dans les casques. Une mélodie entraînante, presque dansante, les accompagne alors qu'ils montent jusqu'à la crête que surplombe un rocher en forme de tête de lion, la seule qu'ils peuvent gravir à cet endroit de la fracture. Les ombres se détachent du ciel. L'ascension est lente, mais joyeuse. De temps en temps, elle regarde tout en bas. La station lui paraît minuscule. Deux petits dômes dans un grand bac à sable. Ils arrivent au sommet, Romulus accélère. Il se jette dans le vide, attirant avec lui les Fragiles de la cordée. La musique se mélange aux cris. Et puis, le silence. Jérémiade a réussi à lâcher la main de l'avant-dernier Fragile. Karim s'est jeté sur le côté. Les deux survivants se regardent longuement. Devant eux, Valles Marineris déploie ses entrailles infinies.

Il faut rentrer à la base, sans quoi ils manqueront d'oxygène.

*

Hélène a emmené les petits à la mer. Parasol, serviettes, jouets, bouées, chips, crème solaire. Elle est contente, elle a tout fait comme tout le monde. Aucune mère ne la gratifiera d'un regard mauvais sous son chapeau de paille si Ava se baigne sans protection, aucun père n'ira récupérer rageusement le seau et la pelle que Louis aura volés. La matinée est superbe. Le long de la route, les mûriers déroulent leurs barbelés, quelques vaches efflanquées ruminent l'herbe cuite du champ voisin. Devant, des vacanciers tout aussi encombrés raclent le sable chaud qui déborde sur l'asphalte avec leurs tongs. Elle transpire dans son short qui la boudine. Sa fille demande C'est quand qu'on arrive ? Elle n'en sait rien. Elle suit le troupeau. Les voitures défilent lentement sur la route cabossée. Son fils prend le temps de toutes les compter. Il dit Bleu, bleu, blanc, blanc, blanc. Compter, trier, classer. Il adore ça. Sur le sable, ses après-midi se consument dans un désir de symétrie parfaite. À quatre pattes à ses côtés, elle concasse, trie et polit des cailloux tous les jours. Puis elle expose ses trouvailles dans le petit théâtre maniaque qu'il a créé pour l'occasion, avec trois brindilles et des algues moches. La plage d'argent se profile au loin comme un mirage, tout au bout du chemin poussiéreux. Il faut le longer un certain temps avant d'y arriver. Ava chante en sautillant sur une marelle invisible. Hélène grimace en entendant ces notes qui arrivent dans le désordre. Un air de conquête spatiale flotte soudain au sein de la procession. L'enjeu est de taille, il s'agit de planter son parasol avant tout le monde. Elle retient ses enfants par le cou, observe les petits groupes s'éparpiller sur le chemin qui offre plusieurs accès à la plage. Elle veut son petit coin rien qu'à elle. Sa petite dune. Elle s'étonne du calme extraordinaire de l'eau. Pas un rouleau ne vient chatouiller le rivage, pas une trace d'écume ne mord dans le bleu profond. Bleu comme l'encre des stylos et des hématomes sur les jambes de ses enfants. Ils se déshabillent très vite et se précipitent dans ses bras. Ils sentent la crème, le monoï et le malabar. Elle les enlace et scrute le ciel. Elle y cherche un petit point rouge. Elle prie très fort pour qu'il se décroche et tombe à l'eau. Une légère brise retourne les serviettes posées sur le sable chaud. Le bruit des raquettes de plage s'intensifie. Elle ne bouge plus, ne veut rien faire, rien dire qui puisse gâcher ce moment. Enlacés, pétrifiés dans un élan de tendresse, comme ces statues à Pompéi, ces corps saisis en train de rêver et d'aimer. Mais les enfants s'échappent déjà.

Note

La citation p. 78 est tirée de *Mario et le magicien*, de Thomas Mann (Grasset).

Cet ouvrage a été composé par Belle Page

Imprimé en France par
CPI BRODARD & TAUPIN (72200 La Flèche)
en décembre 2020

pour le compte des Éditions J.-C. LATTÈS
17, rue jacob – 75006 Paris

PAPIER À BASE DE
FIBRES CERTIFIÉES

LE MASQUE
s'engage pour l'environnement
en réduisant l'empreinte carbone
de ses livres.
Celle de cet exemplaire est de
350 g éq. CO_2
Rendez-vous sur
www.lemasque-durable.fr

N° d'édition : 01. – N° d'impression : 3041444
Dépôt légal : janvier 2021